The Wonderful Wizard of Oz

Lyman Frank Baum

오즈의 위대한 마법사

초판 1쇄 인쇄 2017년 3월 10일
초판 1쇄 발행 2017년 3월 17일

지은이 | 라이먼 프랭크 바움
그린이 | 윌리엄 월리스 덴슬로우
옮긴이 | 장혜정
발행인 | 신현부

발행처 | 부북스
주소 | 04601 서울시 중구 동호로17길 256—15 (신당동)
전화 | 02—2235—6041
팩스 | 02—2253—6042
이메일 | boobooks@naver.com

ISBN 979-11-86998-49-6 (04840)

이 도서의 국립중앙도서관 출판예정도서목록(CIP)은 서지정보유통지원시스템 홈페이지(http://seoji.nl.go.kr)와 국가자료공동목록시스템(http://www.nl.go.kr/kolisnet)에서 이용하실 수 있습니다.(CIP제어번호: CIP2017004160)

부클래식

066

———

오즈의 위대한 마법사

라이먼 프랭크 바움
윌리엄 윌리스 덴슬로우 그림

장혜정 옮김

차례

This book is dedicated to my good friend & comrade. My Wife L.F.B.

Chapter I.
The Cyclone.

orothy

회오리바람

도로시는 농부 헨리 아저씨, 농부의 부인인 엠 아주머니와 함께 캔자스 대초원 한복판에 살고 있었다. 도로시네 집은 무척 작았다. 집을 짓기 위해서는 멀리서 목재를 짐마차로 실어 와야 했기 때문이었다. 도로시네 집은 네 개의 벽, 바닥, 지붕으로 이루어진 방 하나가 전부였다. 방에는 녹슨 조리용 난로와 그릇을 넣는 찬장, 식탁, 의자 서너 개, 침대들이 있었다. 한쪽 구석에 있는 큰 침대는 헨리 아저씨와 엠 아주머니가, 반대쪽 구석에 있는 작은 침대는 도로시가 사용했다. 다락방이나 지하창고는 없고, 땅 밑에는 회오리바람 대피소라고 부르는 조그맣게 파 놓은 구멍이 하나 있었는데, 회오리바람이 일어나 지나가는 길목에 있는 건물이란 건물을 모조리 집어삼킬 만큼 세차게 불 때, 온 가족이 들어가 숨을 수 있는 공간이었다. 방바닥에 있는 작은 뚜껑 문을 들어 올리고 사다리를 타고 내려가면 작고 어두운 구멍으로 들어갈 수 있었다.

도로시가 문간에 서서 주위를 둘러보면 사방으로 펼쳐진 잿빛 초원뿐이었다. 나무 한 그루, 집 한 채도 없이 넓게 펼쳐진 평지는 동서남북으로 하늘의 끝자락과 맞닿아 있었다. 해는 쟁기질한 들판을 바짝 태워 잿빛 더미로 만들었다. 들판 위에는 금이 쫙쫙 갈라져 있었다. 잔디조차 푸른빛을 잃어버렸는데, 어디서나 똑같은 잿빛이 될 때까지 해가 기다란 풀잎의 끝자락을 잿빛으로 태워버렸기 때문이다. 도로시의 집은 한때 페인트칠이 되어 있었지만, 칠이 햇빛에 뜨고 빗방울에 씻겨나가, 이제는 주위의 모든 것만큼이나 칙칙한 잿빛으로 변해버렸다.

　　엠 아주머니는 이곳에 처음 시집왔을 때만 해도 젊고 예쁜 아내였다. 하지만 해와 바람은 엠 아주머니도 바꿔 놓았다. 생기 가득했던 눈동자는 이제 수수한 잿빛으로 변했고, 발그스레했던 볼과 입술 역시 잿빛이 되었다. 야위고 수척해진 엠 아주머니는 이제 절대 웃는 법이 없었다. 고아인 도로시가 이 집에 처음 왔을 때, 엠 아주머니는 어린아이의 웃음소리에 너무 놀란 나머지 도로시의 생기발랄한 목소리가 들릴 때마다 비명을 지르며 손으로 가슴을 꾹꾹 누르곤 했다. 여전히 엠 아주머니는 어떤 것에서도 웃을 거리를 찾아내는 이 작은 소녀를 경이로운 눈으로 바라보곤 했다.

　　헨리 아저씨 역시 절대 웃지 않았다. 아저씨는 아침 일찍부터 밤늦게까지 열심히 일할 뿐, 즐거움이 무엇인지 몰랐다. 헨리 아저씨도 긴 턱수염에서 투박한 장화까지 온통 잿빛으로 덮여 있었고, 엄격하고 근엄한 표정을 지은 채 거의 말이 없었다.

도로시를 웃게 하고 주변과 같이 잿빛으로 변하지 않게 도와준 것은 토토였다. 토토는 잿빛이 아니었다. 조그마한 검정 강아지 토토는 길고 비단결같이 부드러운 털로 덮여 있었다. 아담하고 우스꽝스러운 콧잔등 위로 작고 까만 눈동자가 생기 발랄하게 반짝였다. 토토는 온종일 놀면서 시간을 보냈다. 도

로시는 토토와 같이 놀았고, 토토를 몹시 사랑했다.

하지만 오늘, 도로시와 토토는 놀지 않았다. 헨리 아저씨는 현관 계단에 앉아 평소보다 훨씬 더 어둡고 잿빛으로 변한 하늘을 걱정스러운 얼굴로 올려다보고 있었다. 도로시도 토토를 품에 안고 문간에 서서 하늘을 바라보았다. 엠 아주머니는 설거지하고 있었다.

멀리 북쪽에서 낮게 울부짖는 바람 소리가 들려왔다. 헨리 아저씨와 도로시는 기다란 수풀이 다가오는 폭풍에 앞서 파도처럼 휘어지는 것을 볼 수 있었다. 이번에는 남쪽에서부터 윙윙 날카로운 바람 소리가 들리기 시작했다. 헨리 아저씨와 도로시가 그쪽으로 눈을 돌리자 남쪽 풀밭에서도 잔물결이 밀려오고 있는 것이 보였다.

갑자기 헨리 아저씨가 벌떡 일어나 엠 아주머니에게 소리쳤다.

"여보, 회오리바람이 오고 있어! 가축 좀 살피고 올게." 아저씨는 소와 말을 가둬둔 헛간으로 뛰었다.

엠 아주머니는 하던 일을 멈추고 문에 다가섰다. 한눈에도 위험이 코앞에 닥쳤음을 느낄 수 있었다.

아주머니는 도로시에게 외쳤다. "도로시, 서둘러! 얼른 대피소로 뛰어가!"

토토가 도로시 품에서 폴짝 뛰어내려 침대 밑으로 숨어 버렸다. 도로시는 토토를 잡으려고 재빨리 쫓아갔다. 겁에 질린 엠 아주머니는 마룻바닥에 있는 뚜껑 문을 열어젖힌 후 사다리를 타고 작고 어두운 구멍으로 내려갔다. 도로시가 마침내 토토를 붙잡고 엠 아주머니를 따라가려고 했다. 방을 절반 정도 지나갔을 때쯤 비명같이 날카로운 바람 소리가 들리더니 집이 마구마구 흔들리기 시작하여, 도로시는 그만 중심을 잃고 갑자기 바닥 위로 나동그라졌다.

그 순간 이상한 일이 일어났다.

집이 두세 번 빙빙 돌더니 천천히 공중으로 떠오르기 시작했다. 마치 도로시가 풍선을 타고 올라가는 느낌이 들었다.

북쪽과 남쪽에서 불어온 바람이 도로시네 집에서 만나면서 이 집이 회오리바람의 중심에 놓이게 된 것이다. 보통 회오리바람의 중심은 고요하기 마련이지만, 사방에서 불어온 바람이 만나 생긴 거대한 압력으로 인해 집은 점점 더 높이 올라갔다. 마침내 집은 회오리바람의 꼭대기까지 올라가더니, 잠시 멈춰 있다가 이제는 깃털처럼 가볍게 멀리멀리 날아가기 시작했다.

주변은 칠흑같이 깜깜했고, 사방에서 바람은 무섭게 울부짖는 소리를 냈다. 하지만 도로시는 꽤 편안하게 바람을 타고 있다고 생각했다. 집이 처음에는 몇 번 빙글빙글 돌고 또 한 번은 크게 기우뚱하긴 했지만, 그 이후에는 바람을 타고 살랑

살랑 흔들거려서 도로시는 마치 요람 속에 있는 아기와 같은 기분이었다.

토토는 이 상황이 그리 즐겁지 않은 모양이었다. 줄곧 사납게 짖으며 방 안 이곳저곳을 뛰어다녔다. 하지만 도로시는 방바닥에 조용히 앉아 앞으로 무슨 일이 일어날지 기다렸다.

한 번은 토토가 열려있는 뚜껑 문에 너무 가까이 다가간 나머지 안으로 빠지고 말았다. 처음에 도로시는 토토가 사라졌다고 생각했다. 하지만 곧 토토의 한쪽 귀가 구멍 사이로 삐죽 나와 있는 것이 보였는데, 회오리바람이 만들어 낸 압력이 너무 강해서 토토가 떨어지지 않고 공중에 떠 있었기 때문이었다. 도로시는 구멍으로 기어가 토토의 귀를 잡고 다시 방 안으로 끌어 올렸다. 그러고 나서 다시는 이런 위험한 일이 일어나지 않도록 뚜껑 문을 닫았다.

시간이 흐르면서 도로시는 서서히 두려움을 떨쳐낼 수 있었다. 하지만 이내 외로움이 밀려오기 시작했고, 사방에서 비명 같은 바람 소리가 쩌렁쩌렁 울려 귀청이 떨어질 것 같았다. 처음에는 집이 땅으로 떨어져 자신도 산산조각이 나지 않을까 하는 걱정이 앞섰다. 하지만 몇 시간이 지나도 아무런 끔찍한 일이 일어나지 않자 도로시는 걱정은 그만하고, 앞으로 일어날 일을 차분하게 기다리기로 마음먹었다. 마침내 도로시는 흔들거리는 방바닥을 기어 침대로 가서 누웠다. 토토도 도로시를 따라와 옆에 누웠다.

　집은 계속 흔들거리고 바람 소리는 여전히 울부짖고 있었지만 도로시는 곧 눈을 감고 잠이 들었다.

Chapter II.
The Council with
The Munchkins.

먼치킨과의 만남

도로시는 갑자기 강한 충격을 느껴 잠에서 깼다. 폭신한 침대 위에 있지 않았다면 다쳤을지도 모를 일이다. 놀란 도로시는 숨을 죽이며 무슨 일이 일어났나 하고 걱정하기 시작했고, 토토는 차가워진 코를 도로시 얼굴에 묻고 측은하게 낑낑거렸다. 도로시는 일어나 앉은 다음, 집이 움직이지 않는다는 사실을 알았다. 더 이상 어둡지도 않았다. 밝은 햇빛이 창문을 통해 스며들어 작은 방을 가득 메우고 있었다. 도로시는 침대에서 벌떡 일어나 문으로 달려갔고, 토토는 도로시 발꿈치에 바싹 붙어 따라왔다. 도로시는 현관문을 활짝 열었다.

이 작은 소녀는 깜짝 놀라 주위를 둘러보았다. 눈 앞에 펼쳐진 경이로운 광경에 눈이 휘둥그레졌다.

회오리바람이 집을 아름다운 시골 마을 한복판에 놀라울 정도로 사뿐히 내려놓은 것이었다. 사방에는 온통 푸른 잔디밭이 예쁘게 펼쳐져 있고, 달콤한 과일이 풍성하게 열린 나무

들이 위풍당당하게 서 있었다. 곳곳에는 화려한 꽃 덤불이 장
관을 이루고 있었고, 보기 드물고 찬란하게 빛나는 깃털을 가
진 새들이 나무와 수풀 여기저기를 훨훨 날아다니며 지저귀고
있었다. 조금 떨어진 곳에는 작은 개울이 푸른 강둑 사이에서
반짝이며 세차게 흐르고 있었다. 잿빛으로 덮인 메마른 대초
원에서 오랫동안 살았던 도로시에게 졸졸 흐르는 시냇물 소리
는 더없이 상쾌하게 들렸다.

낯설고 아름다운 광경을 넋 놓고 바라보던 도로시는, 이제
껏 보지 못한 괴상하게 생긴 사람들이 무리를 지어 다가오고
있다는 사실을 알아차렸다. 그들은 도로시가 늘 보았던 어른
들만큼 크지는 않았지만, 또 그렇게 작지도 않았다. 사실 또래
에 비해 큰 편인 도로시와 키는 비슷해 보였지만, 나이는 훨씬
더 많아 보였다.

세 명은 남자, 한 명은 여자인데, 모두 이상한 옷차림을 하
고 있었다. 그들은 위가 뾰족하고 챙이 둥그런 모자를 머리 위
에 걸쳤는데, 챙에는 작은 방울이 달려있어서 움직일 때마다
딸랑딸랑 소리가 났다. 남자는 파란색, 작은 여자는 하얀색 모
자를 쓰고 있었다. 여자는 어깨에 주름이 잡힌 하얀색 가운을
입고 있었는데, 드레스에 달린 작은 별들이 햇빛을 받아 다이
아몬드처럼 반짝반짝 빛났다. 남자들은 모자와 같은 빛깔의
파란색 옷을 입었다, 그리고 윗부분이 바깥쪽으로 깊게 접히

고 반질반질 윤이 나는 장화를 신었다. 두 명은 턱수염을 기르고 있었기 때문에, 나이가 헨리 아저씨와 비슷할 것이라고 도로시는 생각했다. 하지만 작은 여자는 의심할 나위 없이 남자들보다 훨씬 더 늙어 보였다. 얼굴은 주름투성이이고, 머리는 거의 백발에 가까웠고, 걸음걸이는 약간 뻣뻣했기 때문이다.

그들은 도로시가 서 있는 현관으로 다가오다가 걸음을 멈추고, 마치 더 가까이 오기가 두려운 듯이, 자기네끼리 무어라고 속삭이기 시작했다. 하지만 체구가 작은 할머니가 도로시에게 다가와 공손히 인사를 하더니 다정한 목소리로 말했다.

"고귀한 마법사 아가씨, 먼치킨의 나라에 오신 것을 환영합니다. 아가씨가 동쪽 나라의 못된 마녀를 죽여 준 덕분에 먼치킨들은 마녀의 속박에서 벗어날 수 있게 되었답니다."

도로시는 이 말을 듣고 어리둥절했다. 자신을 왜 마법사라고 부르는지, 또 동쪽 나라의 못된 마녀를 죽였다는 건 도대체 무슨 뜻인지 영문을 알 수 없었다. 도로시는 회오리 바람을 타고 집에서 멀리 떨어진 이곳까지 날아왔을 뿐, 지금까지 벌레 한 마리도 죽여 본 적이 없는 순진하고 악의가 없는 착한 소녀였다.

하지만 작은 여자는 도로시의 대답을 기다리는 듯했다. 결국, 도로시는 머뭇거리며 말했다.

"정말 친절하시네요. 하지만 뭔가 잘못 아신 것 같아요. 전 아무것도 죽이지 않았거든요."

그러자 작은 여자가 웃으며 말했다. "아가씨 집 때문에 죽은 것이긴 하지만, 마찬가지지요 뭐. 자, 보세요!" 할머니는 집 모퉁이를 가리키며 말을 이어 나갔다. "저기 죽은 마녀의 발이 통나무 밑으로 튀어나와 있잖아요."

도로시는 보고서 놀라 작은 탄성의 소리가 나왔다. 정말, 집을 지탱하는 큰 기둥의 모퉁이 바로 아래 끝이 뾰족한 은색 구두를 신은 두 발이 튀어나와 있었다.

도로시는 당황하여 두 손을 맞잡고 외쳤다. "어머나! 우리 집이 저 사람을 덮쳤나 봐요. 어떡하면 좋아요?"

그러자 작은 여자가 차분하게 말했다. "걱정할 필요 없어요."

도로시가 물었다. "그런데 저 사람은 누구지요?"

"아까 말했듯이 저 여자는 동쪽 나라의 못된 마녀였답니다. 그 마녀는 오랫동안 자기를 위해 모든 먼치킨들을 속박해 노예처럼 밤낮으로 부려 먹었어요. 하지만 이제 아가씨 덕분에 모두 자유의 몸이 되었지요. 다들 아가씨가 베풀어 준 은혜에 깊이 감사하고 있답니다."

도로시가 되물었다. "먼치킨들은 누구인가요?"

"그 못된 마녀가 지배했던 동쪽 나라에 사는 사람들이에요."

도로시가 또 물었다. "그럼 아주머니도 먼치킨인가요?"

"아니요, 나는 북쪽 나라에 살고 있긴 하지만 그들의 친구예요. 동쪽 나라 마녀가 죽은 것을 보고 먼치킨들이 곧장 나에게 사람을 보내어 소식을 전해 주었고, 난 한걸음에 달려왔지요. 난 북쪽 나라 마녀랍니다."

그러자 도로시가 놀라며 물었다. "맙소사! 진짜 마녀이신 거예요?"

작은 여자가 대답했다. "네, 맞아요. 하지만 나는 착한 마녀예요. 사람들이 나를 좋아하지요. 하지만 여기를 지배했던 못된 마녀만큼 나는 힘이 세지 않아요. 만약 그랬다면 내가 직접 먼치킨들을 구해주었을 거예요."

진짜 마녀를 보고 약간 겁이 난 도로시가 말했다. "하지만 저는 마녀는 모두 못된 줄 알았어요."

"아니에요, 그건 큰 오해예요. 오즈의 나라에는 네 명의 마녀가 살고 있었어요. 그중 북쪽과 남쪽 나라에 사는 두 명은 착한 마녀예요. 내가 그중 하나이기 때문에 그건 확실히 알아요. 동쪽과 서쪽 나라에 사는 마녀는 정말로 못된 마녀이지요. 하지만 아가씨가 그중 하나를 죽였으니, 오즈의 나라에는 이제 못된 마녀가 한 명만 남았어요. 서쪽 나라에 사는 마녀 말이에요."

"하지만……." 잠시 생각에 잠긴 뒤 도로시는 다시 입을 열었다. "엠 아주머니는 마녀들이 아주 오래전에 다 죽었다고 하셨는걸요?"

작은 할머니가 물었다. "엠 아주머니가 누구지요?"

"캔자스에 사는 우리 아주머니예요. 저는 캔자스에서 왔어요."

북쪽 나라 마녀는 잠시 머리를 숙이고 땅을 바라보며 무언가를 생각하는 것 같았다. 곧 마녀는 고개를 들고 말했다.

"나는 캔자스가 어디 있는지 몰라요. 그런 나라는 한 번도 들어본 적이 없거든요. 캔자스는 문명이 발달한 나라인가요?"

도로시가 답했다. "네, 그럼요."

"그럼 이해가 되네요. 문명이 발달한 나라에는 마녀뿐만 아니라 마법사나 마술사도 남아있지 않을 거예요. 하지만 이곳 오즈의 나라는 다른 세계와 동떨어져 있어서 전혀 문명이 발달하지 않았어요. 그래서 여기에는 마녀들도 마법사들도 있지요."

"마법사들은 누구인가요?" 도로시가 물었다.

마녀는 속삭이듯이 말했다. "오즈가 가장 위대한 마법사예요. 오즈는 우리 모두의 힘을 합친 것보다 훨씬 더 강하지요. 에메랄드 시에 살고 있어요."

도로시가 또 다른 질문을 하려는 순간, 계속 조용히 옆에서 있는 먼치킨들이 갑자기 크게 소리를 지르며 못된 마녀가 누워있는 집 모퉁이를 가리켰다.

마녀가 물었다. "무슨 일이지?" 마녀는 먼치킨들이 가리키는 쪽을 보고는 소리 내어 웃기 시작했다. 죽은 마녀의 발은 완전히 사라지고 은색 구두만 남아있었다.

북쪽 나라 마녀가 설명했다. "못된 마녀는 너무 늙어서 햇볕에 금방 말라 버렸네요. 저게 못된 마녀의 최후이지요. 하지만 저 은색 구두는 아가씨 거예요. 아가씨가 신어야 해요." 마녀는 몸을 굽혀 은색 구두를 집어 올려서 먼지를 털어낸 후 도로시에게 건넸다.

먼치킨들 중 하나가 말했다. "동쪽 나라의 마녀는 이 은색 구두를 자랑스러워 했어요. 이 구두는 마법의 힘을 가지고 있

다는데, 그게 무엇인지
우리는 몰라요."

도로시는 구두를 집
안으로 가져가 식탁 위
에 올려놓았다. 그런 다
음 먼치킨들에게 돌아와
서 말했다.

"저는 저희 아주머니
와 아저씨에게 꼭 돌아
가고 싶어요. 지금쯤 저
를 무척 걱정하고 있으실 거예요. 집으로 돌아가는 길을 찾도
록 도와주실 수 있으세요?"

먼치킨들과 마녀는 먼저 서로 쳐다보다가 이번에는 도로
시를 바라보더니 고개를 내저었다.

한 먼치킨이 말했다. "여기서 조금 더 동쪽으로 가면 그리
멀지 않은 곳에 광활한 사막이 있어요. 지금까지 아무도 그곳
을 살아 건너지 못했지요."

그러자 또 다른 먼치킨이 말했다. "남쪽도 마찬가지예요.
내가 거기 가서 직접 봤거든요. 남쪽은 쾌들링의 나라예요."

이번에는 세 번째 남자가 말했다. "듣기로는 서쪽도 다를
바가 없어요. 그곳에는 윙키들이 살고 있고 서쪽 나라의 못된

마녀에게 지배를 받고 있지요. 그쪽을 지나가려고 하다가는 못된 마녀의 노예가 되고 말 거예요.

마녀가 말했다. "북쪽은 내 나라예요. 하지만 북쪽 나라 역시 끝자락에는 여기 오즈의 나라를 둘러싸고 있는 거대한 사막이 펼쳐져 있어요. 아가씨가 그냥 여기서 우리와 같이 사는 것 외에는 뾰족한 수가 없는 것 같아요."

이 말을 들은 도로시는 낯선 사람들 사이에서 문득 외로움을 느껴 훌쩍훌쩍 울기 시작했다. 도로시가 울자 마음이 고운 먼키친들도 곧바로 손수건을 꺼내 같이 흐느끼기 시작했다. 늙은 마녀는 이것을 보고는, 쓰고 있던 모자를 벗어 뾰족한 끝 부분을 자신의 코 위에 올려놓고 중심을 맞추면서 엄숙한 목소리로 '하나, 둘, 셋'을 세었다. 그러자 눈 깜짝할 사이에 모자가 석판으로 변하고, 그 위에는 하얀 분필로 큰 글자가 씌어 있었다.

도로시를 에메랄드 시로 보내자

작은 할머니가 콧등에서 석판을 내리더니 적혀있는 글자를 읽고 나서 물었다.

"아가씨 이름이 도로시인가요?"

도로시는 눈물을 닦으며 고개를 들어 말했다. "맞아요."

"그럼 아가씨는 에메랄드 시로 가야 해요. 오즈가 아가씨를 도와줄 거예요."

도로시가 물었다. "그 도시는 어디에 있나요?"

"에메랄드 시는 이 나라의 한복판에 있어요. 아까 얘기한 위대한 오즈 마법사가 다스리고 있지요."

도로시는 걱정스럽게 물었다. "오즈는 좋은 사람인가요?"

"좋은 마법사이지요. 하지만 한 번도 오즈를 직접 만나본 적은 없어서 사람인지 아닌지는 모르겠어요."

"거기에는 어떻게 갈 수 있나요?"

"걸어가야 해요. 기나긴 여정이 될 거예요. 때로는 즐거운 곳을, 때로는 어둡고 끔찍한 곳을 지나가야 할 거예요. 하지만 아가씨가 다치지 않도록 내가 알고 있는 모든 마법을 사용해 지켜 줄게요."

도로시는 이 작은 할머니 마녀가 오랜 친구인 것처럼 간절한 눈빛으로 바라보며 부탁했다. "저랑 같이 가 주시면 안 되나요?"

마녀가 대답했다. "그럴 수 없답니다. 하지만 내가 아가씨

에게 입 맞춰 줄게요. 북쪽 나라 마녀가 입을 맞춰 준 사람은
그 누구도 감히 해치지 못할 거예요."

마녀는 도로시에게 다가와 이마에 살포시 입을 맞추었다.
마녀의 입술이 도로시 이마에 닿자 둥그런 모양의 반짝거리는
표시가 생겼고, 도로시도 그것을 바로 알 수 있었다.

마녀가 말했다. "에메랄드
시로 가는 길은 노란 벽돌로
포장되어 있으니까 찾기 쉬울
거예요. 오즈를 만나거든 무서
워하지 마세요. 아가씨 사정을
설명하고 도움을 구하세요. 그
럼, 이제 안녕."

세 명의 먼치킨들은 도로
시에게 허리 굽혀 인사하고 행운을 빌어준 후 나무들 사이로
걸어갔다. 마녀는 도로시에게 다정하게 고개를 끄덕인 후, 왼
발 뒤꿈치를 땅에 대고 세 번 돌더니 순식간에 사라져 버렸다.
마녀가 옆에 있을 때는 겁에 질려 으르렁거리지도 못했던 토
토가 마녀가 갑자기 사라지자 깜짝 놀라 요란하게 짖어댔다.

하지만 도로시는 전혀 놀라지 않았다. 늙은 여자는 마녀이
니 언제든지 그런 식으로 사라질 것을 예상하였기 때문이다.

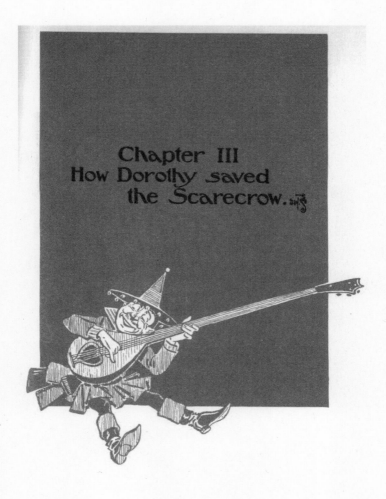

Chapter III
How Dorothy saved
the Scarecrow.

Wren

도로시가 허수아비를 구하다

홀로 남겨진 도로시는 배고픔을 느끼기 시작했다. 그래서 집으로 들어가 찬장에서 빵을 꺼내 버터를 발라 먹었다. 토토에게 빵을 나누어 준 다음, 찬장에 있는 통을 들고 작은 개울로 가서 깨끗하고 반짝거리는 물을 통에 채웠다. 토토는 나무들이 우거진 곳으로 달려가더니 거기에 앉아있는 새들을 향해 짖어대기 시작했다. 도로시는 토토를 잡으러 갔다가, 나뭇가지에 주렁주렁 매달려 있는 탐스러운 과일을 발견하고는, 아침으로 먹으면 딱 좋겠다고 생각하여 과일을 몇 개 땄다.

그런 다음 도로시는 집으로 돌아와 토토와 함께 시원하고 깨끗한 물로 목을 축인 후, 에메랄드 시로 떠날 여행 준비를 시작했다.

도로시는 갈아입을 옷이 한 벌밖에 없었지만, 그 옷은 다행히 깨끗하게 세탁되어 도로시 침대 옆 못에 걸려 있었다. 하얀색과 파란색 격자무늬의 옷이었는데, 자주 빨아서 파란색이 조금 바래긴 했지만 그래도 여전히 예쁜 겉옷이었다. 도로시는 정성스레 세수한 후 깨끗한 옷으로 갈아입고 분홍색 햇빛 가리개 모자를 썼다.

그러고 나서 찬장에 있는 빵을 바구니에 넣고 하얀 천으로 그 위를 덮었다. 그런 다음 도로시는 발을 내려다보고는 신발이 너무 낡고 헤졌다는 것을 알았다.

도로시가 말했다. "토토, 아무래도 이 신발로 긴 여행은 무리일 것 같아." 그러자 토토는 작고 까만 눈으로 도로시 얼굴을 쳐다보며 도로시가 한 말을 이해한다는 듯이 꼬리를 흔들어댔다.

그때 탁자 위에 놓여있는 동쪽 나라 마녀의 은색 구두가 도로시 눈에 들어왔다.

도로시가 토토에게 말했다. "저 구두가 나한테 맞을지 모르겠네. 저런 신발은 닳지 않을 테니 오래 신고 걷기에 좋을 거야."

도로시는 자신의 낡은 가죽 신발을 벗고 은색 구두를 신어보았다. 놀랍게도 마치 도로시를 위해 만든 신발처럼 꼭 맞았다.

끝으로 도로시는 바구니를 집어 들고 말했다.

"토토, 이제 가자. 우리는 에메랄드 시로 가서 위대한 오즈를 만나 캔자스로 어떻게 돌아갈 수 있는지 물어봐야 해."

도로시는 문을 닫고 잠근 후, 열쇠를 옷 주머니 속에 조심스럽게 넣었다. 얌전하게 종종걸음으로 뒤따라오는 토토와 함께 도로시는 그렇게 여행을 시작했다.

길은 여러 갈래로 나 있었지만 도로시는 노란 벽돌로 포장된 길을 금방 찾을 수 있었다. 도로시는 곧 에메랄드 시를 향해 힘찬 걸음을 내디뎠고, 은색 구두는 노란 벽돌 위에 부딪히며 경쾌한 소리를 냈다. 해는 찬란하게 빛나고 새들은 즐겁게 지저귀고 있었다. 어린 소녀가 갑자기 바람에 실려 집에서 벗어나 낯선 땅에 떨어진다면 몹시 두려워할 법도 한데 도로시는 무척 씩씩했다.

도로시는 길을 걸으며 주위 풍경이 너무 아름다워서 놀랐다. 길 양쪽에는 파란색으로 깨끗이 칠해진 울타리가 있고, 그 너머로는 곡식과 채소들로 풍성한 들판이 있었다. 이렇게 많은 농작물을 재배할 수 있는 것을 보면 먼치킨들은 훌륭한 농

부임이 분명했다. 이따금 도로시는 집을 지나가곤 했는데, 그럴 때마다 사람들은 밖으로 나와 도로시에게 고개 숙여 인사를 했다. 도로시가 못된 마녀를 죽여 자신들을 속박에서 벗어나게 해 주었다는 것을 모두 알고 있었기 때문이다. 먼치킨들의 집은 무척 희한해 보였는데, 둥근 모양이고 지붕에는 커다란 돔이 있어서였다. 동쪽 나라 사람들은 파란색을 가장 좋아했기 때문에 모든 집은 파란색으로 칠해져 있었다.

저녁 무렵이 되자, 도로시는 오랜 여행으로 피곤함을 느껴 밤을 어디서 보내야 할지 고민하기 시작했다. 바로 그때, 다른 집들보다 꽤 큰 집 한 채가 눈에 들어왔다. 집 앞 잔디밭에서는 많은 남자와 여자들이 한데 어울려 춤을 추고 있었다. 다섯 명의 작은 악사들이 최대한 큰 소리로 바이올린을 켜고 있고, 사람들은 웃으며 노래하고 있었다. 그 옆에는 과일과 땅콩, 파이, 케이크와 그 밖에 온갖 맛있는 음식이 가득 차려진 상이 놓여있었다.

사람들은 도로시에게 반갑게 인사하더니 이곳에서 함께 저녁을 먹고 밤을 보내자고 청했다. 집주인은 이 나라에서 가장 부유한 먼치킨 중 하나로, 못된 마녀의 속박에서 풀려난 것을 축하하기 위해 친구들을 모두 불러 잔치를 벌이고 있었다.

보크라는 이름의 집주인은 도로시에게 진수성찬을 직접 베풀었다. 도로시는 배불리 저녁을 먹은 후, 긴 안락의자에 앉

아 사람들이 춤추는 것을 바라보았다.

보크는 도로시의 은색 구두를 보고 말했다.

"아가씨는 위대한 마법사임이 틀림없군요."

"왜 그렇지요?"

"은색 구두를 신고 있고 못된 마녀도 죽였으니까요. 게다가 아가씨가 지금 입고 있는 옷에는 하얀색 무늬가 있네요. 하얀색 옷을 입는 사람은 마녀와 마법사뿐이거든요."

도로시는 옷의 주름을 펴며 말했다. "제 옷은 파란색과 하얀색 격자무늬예요."

그러자 보크가 말했다. "그 옷을 입어줘서 정말 고맙습니다. 파란색은 우리 먼치킨들의 색깔이고, 하얀색은 마녀의 색깔이거든요. 그래서 우리는 아가씨가 착한 마녀라는 것을 알수 있답니다."

도로시는 이 말에 뭐라고 답을 해야 할지 몰랐다. 사람들은 모두 도로시를 마녀라고 믿는 듯했지만, 도로시는 자신이 그저 우연히 회오리바람에 실려 이상한 나라로 오게 된 평범한 소녀에 지나지 않는다는 사실을 누구보다도 잘 알고 있었기 때문이다.

도로시가 춤 구경에 싫증을 느끼자 보크는 도로시를 집으로 안내하여, 예쁜 침대가 있는 방을 보여주었다. 파란색 천으로 만든 침대보를 덮고 도로시는 아침까지 단잠을 잤고, 토토

는 침대 옆 파란색 양탄자 위에서 몸을
웅크리며 잤다.

이튿날 도로시는 푸짐한 아침을 먹
고 나서, 아주 작은 먼치킨 아기가 토토
와 함께 노는 것을 지켜보았다. 아기가
토토의 꼬리를 잡아당기며 까르르 웃는
모습을 보고 있으니 도로시 얼굴에도 저
절로 미소가 번졌다. 먼치킨들은 이제껏 강아지를 본 적이 없
으므로 토토를 무척 신기해했다.

도로시는 보크에 물었다. "여기서 에메랄드 시까지 얼마나
먼가요?"

보크는 진지하게 대답했다. "거기에는 한 번도 가보지 않
아서 잘 모르겠네요. 특별한 일이 있는 게 아니라면 오즈를 멀
리하는 게 좋아요. 에메랄드 시는 멀리 떨어져 있어서 도착하
는 데 오래 걸릴 거예요. 이 나라는 풍요롭고 즐거운 곳이지
만, 에메랄드 시까지 가려면 척박하고 위험한 곳도 지나가야
합니다."

이 말을 듣고 도로시는 조금 걱정이 되었다. 하지만 캔자
스로 다시 돌아갈 수 있도록 도와줄 수 있는 사람은 위대한 오
즈 마법사밖에 없다는 사실을 알았기 때문에 도로시는 포기하
지 않기로 마음먹었다.

도로시는 친구들에게 작별 인사를 하고 다시 노란 벽돌길을 따라 걷기 시작했다. 한참을 걸은 후, 도로시는 잠시 쉬기 위해 멈췄다. 도로시는 길가의 울타리 꼭대기로 기어 올라가 그 위에 걸터앉았다. 울타리 너머로 옥수수밭이 드넓게 펼쳐져 있고, 그리 멀지 않은 곳에 잘 익은 옥수수를 노리는 새들을 쫓기 위해 장대 위에 세워진 허수아비 하나가 보였다.

　도로시는 턱을 괴고 가만히 허수아비를 응시했다. 허수아비의 머리는 밀짚으로 채워진 작은 자루에 눈, 코, 입을 사람 얼굴처럼 그려놓은 것이었다. 낡고 끝이 뾰족한 파란색 모자가 머리 위에 씌워져 있었는데, 예전에 먼치킨들 중 누군가가 썼던 모자였다. 그 아래 몸뚱이에는 낡고 빛바랜 파란색 옷이 걸쳐져 있고, 역시 밀짚으로 채워져 있었다. 발에는 윗부분이 파란색인 낡은 장화가 신겨져 있었는데, 이 나라의 남자들이 신는 신발과 똑같은 것이었다. 허수아비는 등 뒤에 고정된 장대에 의지해 옥수수밭 위에 서 있었다.

　도로시가 괴상하게 그려진 허수아비의 이상한 얼굴을 뚫어져라 쳐다보다가, 허수아비가 자신을 향해 한쪽 눈을 천천히 깜빡거리는 것을 발견하고는 깜짝 놀랐다. 처음에는 잘못 본 것으로 생각했다. 캔자스에 있는 어떤 허수아비도 한쪽 눈을 깜빡이지 않기 때문이다. 하지만 이번에는 허수아비가 도로시를 향해 친근하게 고개를 끄덕이며 인사를 했다. 그러자

도로시가 울타리 밑으로 내려가 허수아비를 향해 걸어갔다. 토토는 장대 주변을 뛰어다니며 짖어댔다.

"안녕." 허수아비가 조금 쉰 듯한 목소리로 말했다.

도로시는 깜짝 놀라 물었다. "방금 말을 한 거니?"

허수아비가 대답했다. "물론이지. 기분이 어때?"

도로시가 공손히 대답했다. "아주 좋아. 물어봐 줘서 고마워. 너는?"

허수아비가 웃으며 말했다. "나는 별로야. 여기 위에 가만히 서서 밤낮으로 까마귀를 쫓는 일은 너무 따분하거든."

도로시가 물었다. "그럼 내려올 수 있어?"

"아니, 이 장대가 내 등 뒤에 고정되어 있어. 네가 이 막대기를 빼 준다면 정말 고맙겠어."

도로시는 두 손을 뻗어 허수아비를 막대기에서 떼어냈다. 밀짚으로 채워져서, 허수아비는 무척 가벼웠기 때문이다.

도로시가 허수아비를 땅 위에 내려놓자 허수아비가 말했다. "진짜 고마워. 새롭게 태어난 기분이구나."

도로시는 어리둥절해졌다. 허수아비가 말을 하는 것도, 도로시한테 인사하고 함께 나란히 걷는 것도 모두 신기했기 때문이다.

허수아비는 기지개를 켜고 하품을 하더니 도로시에게 물었다. "너는 누구니? 그리고 어디로 가는 길이니?"

도로시가 대답했다. "내 이름은 도로시고, 에메랄드 시로 가는 길이야. 오즈에게 나를 캔자스로 다시 보내달라고 부탁할 거야."

허수아비가 되물었다. "에메랄드 시는 어디에 있어? 그리고 오즈는 또 누구야?"

도로시는 놀라며 대답했다. "오즈가 누군지 모른다고?"

"정말 몰라. 나는 아는 게 없어. 보다시피 나는 밀짚으로 채워진 허수아비라서 머리에 든 게 아무것도 없거든."

"저런, 안됐구나." 도로시가 말했다.

허수아비가 물었다. "내가 에메랄드 시에 너와 같이 간다면 위대한 오즈가 나한테 두뇌를 줄 수 있을까?"

도로시가 대답했다. "확실히는 모르겠지만, 원한다면 나와

함께 가자. 오즈가 두뇌를 줄 수 없다고 해도 지금보다 나빠질 것 없잖아. 밑져야 본전이지."

"그건 그래." 그러고 나서 허수아비는 조심스럽게 말을 이어 나갔다. "나는 내 다리나 팔, 몸뚱이가 밀짚으로 채워진 것에 개의치 않아. 그 덕분에 나는 전혀 다치지 않으니까. 누군가 내 발을 밟거나 내 몸을 바늘로 찔러도 나는 아무것도 느끼지 못하니까 상관없어. 하지만 사람들이 나를 바보라고 부르는 건 정말 싫어. 그리고 내 머리가 너처럼 두뇌로 차 있지 않고 계속 밀짚으로만 가득 차 있으면, 내가 무언가를 어떻게 알 수 있겠니?"

도로시는 진심으로 허수아비를 측은하게 여기며 대답했다. "네 마음을 이해할 수 있을 것 같아. 네가 나와 함께 에메랄드 시에 간다면, 오즈에게 너를 위해 할 수 있는 일은 뭐든지 해 달라고 부탁해 볼게."

허수아비는 기뻐하며 말했다. "정말 고마워."

그들은 길 쪽으로 다시 걸어갔다. 도로시는 허수아비가 울타리를 넘는 것을 도와주었고, 그들은 곧 에메랄드 시로 향하는 노란 벽돌길을 따라 걷기 시작했다.

토토는 처음에 허수아비가 일행이 된 것을 반기지 않는 듯했다. 마치 밀짚 속에 쥐 떼라도 있는 것처럼 허수아비 주변을 돌며 킁킁대기도 하고, 종종 허수아비를 향해 심술궂게 으르렁대기도 했다.

　도로시는 새로운 친구에게 말했다. "토토를 너무 신경 쓰지는 마. 절대 물지는 않거든."

　허수아비가 대답했다. "걱정하지 마, 무섭지 않으니까. 내 몸은 밀짚이라 절대 다치지 않아. 그 바구니 이리 줘. 내가 들어 줄게. 나는 피곤함도 전혀 느끼지 않거든." 허수아비는 도로시와 나란히 걸으며 계속 말을 이어 나갔다. "비밀 하나 말해줄까? 내가 이 세상에서 두려워하는 것은 단 한 가지야."

　도로시가 물었다. "그게 뭐야? 너를 만든 먼치킨 농부?"

　허수아비가 대답했다. "아니, 바로 불이 붙은 성냥이야."

Chapter IV.
~The Road Through the Forest~

After

숲 속으로 난 길

몇 시간쯤 걸어가자 길이 험해지기 시작하고 걷기가 무척 어려워져서, 허수아비는 울퉁불퉁한 노란 벽돌에 자꾸 발이 걸려 휘청거렸다. 간혹 벽돌이 깨지거나 아예 빠져서 구덩이가 생긴 곳이 있었다. 구덩이가 나타나면 토토는 폴짝 뛰어 건너고, 도로시는 옆으로 돌아갔다. 하지만 두뇌가 없는 허수아비는 그대로 곧장 걸어갔기 때문에 구덩이에 발이 걸려 딱딱한 벽돌 위로 큰 대자로 엎어졌다. 하지만 허수아비는 털끝 하나 다치지 않았다. 허수아비가 넘어질 때마다 도로시는 허수아비를 일으켜 세워 주었다. 그러면 허수아비는 자신의 실수에 대해 도로시와 함께 즐겁게 웃어넘겼다.

이곳의 농장은 전에 본 농장만큼 잘 가꾸어져 있지 않았다. 집도 과일나무도 더 적었고, 계속 걸어갈수록 주변은 더 음울하고 황량해졌다.

어느덧 정오가 되어, 도로시와 친구들은 작은 개울 근처

길가에 걸터앉았다. 도로시는 바구니를 열어 빵을 좀 꺼냈다. 허수아비에게 빵 한 쪽을 떼어 주자 허수아비는 거절했다.

허수아비가 말했다. "나는 절대 배고프지 않아. 어떻게 보면 오히려 다행이지. 내 입은 그냥 칠한 것이기 때문에 먹으려면 구멍을 뚫어야 해. 하지만 그렇게 하면 내 몸을 채우고 있는 밀짚이 밖으로 나와서 내 머리 모양이 망가질 거야."

도로시는 허수아비의 말을 바로 이해하고는 고개를 끄덕인 다음 혼자 빵을 먹기 시작했다.

도로시가 식사를 마치자, 허수아비가 말했다. "너에 관해서 이야기해 줘. 네 고향이 어떤 곳인지도 궁금해." 도로시는 허수아비에게 모든 것이 잿빛으로 덮인 캔자스에 관해서 이야기해 주었다. 또 어떻게 회오리바람을 타고 이상한 오즈의 나라로 오게 되었는지도 설명했다. 허수아비는 도로시의 이야기를 열심히 듣고 나서 말했다.

"네가 왜 이 아름다운 나라를 떠나 캔자스라는 그 메마르고 잿빛으로 덮인 곳으로 돌아가려고 하는지 이해가 잘 안 돼."

도로시가 대답했다. "두뇌가 없으면 이해하기 어려울지도 모르지. 고향이 아무리 음울하고 잿빛인 곳이라 해도 살과 피를 가진 우리 인간은 그 어떤 곳보다도 고향에서 살기를 원해. 다른 나라가 아무리 아름답다고 해도 말이야. 고향만큼 좋은

곳은 없거든."

허수아비는 한숨을 내쉬더니 말했다.

"당연히 나는 이해할 수 없지. 사람들의 머리가 나처럼 밀짚으로 채워져 있다면 아마 사람들은 아름다운 나라에서 죄다 살고 싶어 할 거야. 그러면 캔자스라는 곳에는 사람이 아무도 살지 않겠지. 사람들에게 두뇌가 있는 게 캔자스한테는 다행스러운 일이네."

소녀가 부탁했다. "우리가 여기서 쉬는 동안 나한테 이야기 좀 해 주지 않을래?"

그러자 허수아비는 도로시를 나무라는 투로 쳐다보더니 대답했다.

"나는 이 세상에 태어난 지 얼마 안 돼서 정말 아는 게 없어. 나는 불과 그저께 만들어졌으니까. 그 전에 세상에서 일어난 일에 대해서는 전혀 모르지. 다행히 농부가 내 머리를 만들면서 귀를 가장 먼저 그려줬기 때문에 들을 수 있었어. 농부는 다른 먼치킨과 함께 있었는데 내가 가장 먼저 들은 말은 농부가 이렇게 한 말이야.

"'이 귀 어때?'

"'좀 비뚤어진 것 같아,'라고 같이 있던 먼치킨이 말하니까,

"농부가 '상관없어. 비뚤어졌어도 귀는 귀니까,'라고 했어. 뭐 틀린 말은 아니지.

"그러더니 농부가 '이제 눈을 만들어 주어야지,' 하며 오른쪽 눈을 그려줬어. 눈이 그려지자 내 앞에 있는 농부가 보였고, 주변에 있는 모든 것을 호기심 어린 눈으로 바라보았지. 그게 내 앞에 펼쳐진 이 세상의 첫 풍경이었으니까.

"농부를 지켜보던 다른 먼치킨이 '눈이 꽤 예쁜걸. 눈에는 파란색이 딱 맞군,'이라고 하더라.

"그러자 농부가 '왼쪽 눈은 조금 더 크게 그려야겠어,'라고 했지. 왼쪽 눈까지 완성되자 이전보다 훨씬 더 세상이 잘 보였어. 그다음 농부는 코와 입을 만들어줬어. 하지만 처음에 나는 입이 무엇 때문에 있는지 몰랐기 때문에 말을 하지 않았지. 두 명의 먼치킨이 내 몸과 팔, 다리를 만드는 모습을 지켜보는 일은 재미있었어. 마침내 그들이 내 머리를 만들기 시작했을 때 나는 무척 자랑스러웠지. 나도 이제 남들처럼 훌륭한 인간이 되었다고 생각했으니까.

"농부는 또 이런 말도 했어. '이 녀석은 까마귀들을 재빨리 쫓을 수 있을 거야. 꼭 진짜 사람 같잖아.'

"그러자 다른 먼치킨이 말했어. '사람 같다니, 진짜 사람이지.' 그리고 나도 그렇게 생각했어. 농부는 나를 들어서 옥수수밭으로 옮기고는 장대 꼭대기에 올려놓았지. 네가 나를 찾았던 그곳에 말이야. 농부와 그의 친구는 곧 떠나 버렸고 나는 홀로 남겨졌어.

"버림받은 것 같은 기분이 싫어서, 나는 그들 뒤를 따라가려고 했어. 하지만 아무리해도 발이 땅에 닿지 않아서 나는 장대에 매달려 있을 수밖에 없었지. 만들어진 지 얼마 되지 않아서 아무것도 생각할 것이 없었기 때문에 외로운 나날이었어. 까마귀들과 다른 새들은 옥수수밭으로 날아왔다가 나를 보자마자 도망갔지. 날 먼치킨으로 착각했던 거야. 내가 중요한 사람이라는 생각이 들어 기분이 좋았어. 얼마 뒤에 늙은 까마귀 한 마리가 내 곁으로 날아왔어. 나를 유심히 보더니 내 어깨에 앉아 이렇게 말하더군.

　"'너를 만든 농부는 이런 어설픈 방법으로 날 속일 수 있다고 생각했나 보지? 똑똑한 까마귀라면 네가 밀짚으로 채워진 허수아비에 지나지 않다는 것을 금방 알아차릴 거야.' 그러고는 내 발밑으로 내려와 옥수수를 잔뜩 먹어버렸어. 내가 이 늙은 까마귀를 전혀 해치지 못하는 것을 보고는 다른 새들도 옥수수를 먹으러 날라왔지. 곧 내 주변에는 새들이 무리를 지어 모여들었어.

　"내가 훌륭한 허수아비가 아니라는 생각이 들면서 슬퍼졌어. 하지만 그 늙은 까마귀는 이렇게 말하며 나를 위로하더군. '네 머릿속에 두뇌만 있다면 너는 누구 못지않은 좋은 인간이 될 거야. 어쩌면 더 나은 사람이 될지도 모르지. 두뇌야말로 이 세상에서 꼭 가질만한 가치가 있는 것이야. 까마귀든지 사

람이든지 상관없이 말이야.'

"까마귀 떼가 떠난 후 나는 이것을 계속 곰곰이 생각했어. 그러고는 어떻게든 두뇌를 얻어야겠다고 결심했지. 그러던 중 운 좋게도 네가 나타나 나를 막대기에서 떼어내 줬어. 그리고 네 말을 들으니 우리가 에메랄드 시에 도착하면 위대한 오즈 가 나에게 두뇌를 줄 것이 분명해."

도로시는 간절한 목소리로 대답했다. "정말 그러길 원해. 너는 진짜로 간절히 두뇌를 갖고 싶어 하는 것 같으니까."

허수아비가 대답했다. "물론이지. 자기가 바보라는 사실을 아는 건 정말 불편한 기분이거든."

"자, 이제 다시 길을 떠나야겠다." 도로시는 바구니를 허수아비에게 건넸다.

이제 길가에 울타리라고는 전혀 없고 땅은 울퉁불퉁한 황무지였다. 저녁 무렵 도로시 일행은 거대한 숲에 이르렀다. 그곳의 커다란 나무들은 빽빽이 우거져 있어서, 나뭇가지들이 노란 벽돌길 위로 서로 맞닿아 있었다. 나뭇가지들이 햇빛을 막고 있었기 때문에 나무 아래는 거의 캄캄했다. 하지만 여행자들은 걸음을 멈추지 않고 숲으로 들어갔다.

허수아비가 말했다. "들어가는 길이 있다면 나가는 길도 분명히 있을 거야. 에메랄드 시는 이 길이 끝나는 곳에 있으니까 이 길이 어디로 가든 우리는 이 길을 따라 계속 걸어가야 해."

도로시가 말했다. "그 정도는 누구나 다 알 거야."

"물론이지. 그러니까 나도 아는 거야. 그걸 이해하는 데 두뇌가 필요하다면, 나는 절대 그걸 말하지 못했겠지."

한 시간 정도 지나자 어둠이 짙게 깔리기 시작하자, 도로시 일행은 어둠 속에서 비틀거리며 걸었다. 도로시는 아무것도 볼 수 없었지만, 토토는 달랐다. 어떤 개들은 어둠 속에서도 아주 잘 볼 수 있기 때문이다. 허수아비는 밤에도 낮만큼 잘 볼 수 있다고 자신만만하게 말했다. 그래서 도로시는 허수아비의 팔을 잡고, 그럭저럭 꽤 잘 걷기 시작했다.

도로시가 말했다. "우리가 하룻밤을 보낼 수 있는 집이나 그런 비슷한 게 보이면 꼭 얘기해줘. 어둠 속에서 걷는 게 무척 힘들거든."

얼마 가지 않아 허수아비가 걸음을 멈추고 말했다.

"오른편에 통나무로 지은 작은 오두막집이 보여. 저기 가볼까?"

소녀가 대답했다. "좋아. 나는 완전히 녹초가 됐어."

그래서 허수아비는 나무 사이를 지나 오두막집이 있는 곳으로 도로시를 안내했다. 도로시는 집으로 들어가 한쪽 구석에 마른 나뭇잎으로 만든 침대를 발견했다. 도로시는 당장 누워 잠이 들고, 토토도 도로시 옆에 나란히 누워 곤히 잠을 잤다. 하지만 절대 지치지 않는 허수아비는 반대쪽 구석에 우두커니 서서 아침이 오기를 묵묵히 기다렸다.

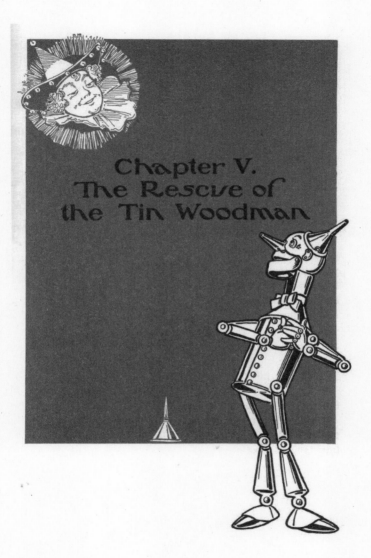

Chapter V.
The Rescue of
the Tin Woodman

When

양철 나무꾼

도로시가 잠에서 깼을 때, 햇살은 나무들 사이로 반짝이고 있고 토토는 이미 일어나 밖으로 나가 새들과 다람쥐들을 쫓고 있었다. 도로시는 앉아서 주변을 살폈다. 허수아비는 여전히 한쪽 구석에서 인내심을 가지고 도로시를 기다리고 있었다.

도로시가 허수아비에게 말했다. "나가서 물을 좀 찾아봐야겠다."

"물이 왜 필요한데?"

"길 위의 먼지 때문에 얼굴이 더러워져서 깨끗하게 세수하려고. 또 마른 빵을 먹을 때 목이 메지 않으려면 마실 물도 필요해서."

허수아비가 골똘히 생각하며 말했다. "육체를 가지고 있다는 건 불편한 일인 것 같아. 계속 잠도 자고 밥도 먹고 물도 마셔야 하니까. 하지만 넌 두뇌가 있잖아. 두뇌로 생각할 수 있다면 그 정도 불편은 감수할 만한 것 같아."

도로시 일행은 오두막집을 떠나 나무 사이를 가로질러 걷다가 깨끗한 샘물을 발견했다. 도로시는 그곳에서 물을 마시고 세수한 뒤 아침을 먹었다. 바구니에 빵이 많이 있지 않은 것을 보고, 소녀는 허수아비가 아무것도 먹지 않아도 된다는 사실에 감사했다. 도로시와 토토가 오늘 하루만 간신히 버틸 수 있는 양만 남았기 때문이다.

아침 식사를 마치고 노란 벽돌 길로 돌아가려는 순간, 근처에서 낮은 신음이 들려서 도로시는 깜짝 놀랐다.

겁먹은 목소리로 물었다. "무슨 소리지?"

허수아비가 대답했다. "잘 모르겠어. 한 번 가서 확인해 보자."

그 순간 또다시 끙끙대는 소리가 귀에 들렸다. 뒤쪽에서 나는 소리 같았다. 그들이 뒤돌아 숲 속으로 몇 발자국 걸어 들어갔을 때, 도로시는 나무 사이에 무언가가 쓰러져, 햇빛을 받아 반짝거리는 것을 발견했다. 도로시는 그곳을 향해 뛰어 가다가 이내 놀라서 소리를 지르며 멈춰 섰다.

커다란 나무 한 그루가 반쯤 베어져 있고, 바로 그 옆에 온몸이 양철로 된 남자가 한 손에는 도끼를 치켜들고 서 있었다. 머리와 팔다리는 몸통에 연결되어 있지만, 사내는 마치 꿈쩍도 하지 못하는 것처럼 완전히 멈춰 있었다.

도로시와 허수아비가 놀란 눈으로 사내를 바라보았다. 토토는 사납게 짖어대며 양철 다리를 덥석 물다가 애꿎은 이빨만 다치고 말았다.

도로시가 물었다. "끙끙대는 소리를 낸 게 너니?"

양철 사람이 대답했다. "맞아, 내가 그랬어. 일 년이 넘도록 끙끙대는 소리를 내고 있었는데 그동안 아무도 나를 도와주러 오지 않았어."

도로시는 그 사람의 슬픈 목소리에 마음이 뭉클해져서 부드러운 목소리로 물었다. "내가 어떻게 해 줄까?"

그가 대답했다. "기름통을 가져와서 내 이음매에 기름칠해 줘. 이음매가 너무 녹이 슬어서 전혀 움직일 수가 없거든. 기름칠을 잘해 주면 나는 금방 괜찮아질 거야. 내가 사는 오두막 집에 가면 찬장 위에 기름통이 있어."

도로시는 재빨리 오두막집으로 달려가 기름통을 찾아왔다. 그러고는 걱정스럽게 물었다.

"이음매가 어디야?"

양철 나무꾼이 대답했다. "먼저 내 목에 기름칠을 해 줘." 도로시는 시키는 대로 기름칠을 하기 시작했다. 녹이 심하게 슬어서 허수아비가 양철 나무꾼의 머리를 붙잡고 천천히 양옆으로 움직여주어야 했다. 곧 목이 자유롭게 움직이기 시작했고, 양철 나무꾼은 스스로 목을 돌릴 수 있게 되었다.

"내 팔 이음매에도 기름칠해 줘." 그가 말했다.

도로시는 이음매에 기름을 바르고, 허수아비는 녹이 다 떨어져 나갈 때까지 조심스럽게 그것을 구부리자 새것처럼 되었다.

양철 나무꾼은 안도의 한숨을 내쉬며 들고 있던 도끼를 나무 옆에 기대어놓았다.

"이제야 살 것 같군. 내 몸이 녹슬어 버린 뒤부터 줄곧 저 도끼를 공중에 치켜들고 있었거든. 드디어 이 도끼를 내려놓을 수 있게 되어서 정말 다행이야. 이번에는 다리 이음매에 기름칠 좀 해 줄래? 그럼 정말 제대로 움직일 수 있을 거야."

도로시와 허수아비는 양철 나무꾼이 다리를 자유롭게 움직일 수 있을 때까지 기름칠해 주었다. 몸을 자유롭게 움직일 수 있게 되자 양철 나무꾼은 도로시와 허수아비에게 거듭 고맙다고 인사했다. 나무꾼은 아주 공손하고 고마워할 줄 아는 사람인 것 같았다.

양철 나무꾼이 말했다. "너희가 오지 않았다면 나는 계속 저기 서 있었을지도 몰라. 너희는 정말로 내 생명의 은인이야. 어쩌다 여기에 오게 된 거야?"

도로시가 대답했다. "우리는 위대한 오즈를 만나기 위해 에메랄드 시로 가는 길이야. 어젯밤에는 네 오두막집에서 하룻밤 묵었어."

"오즈는 왜 만나려고 하는데?"

"나는 오즈한테 캔자스로 돌려보내 달라고 부탁할 거고, 허수아비는 두뇌를 머릿속에 넣어 달라고 부탁할 거야."

양철 나무꾼은 잠시 생각에 잠겼다가 입을 열었다.

"오즈가 나한테 심장을 줄 수 있을까?"

도로시가 대답했다. "아마 그럴 거야. 허수아비한테 두뇌를 주는 것만큼이나 쉬운 일이지 않을까?"

양철 나무꾼이 되받아 말했다. "네 말이 맞다. 그럼 나도 너희와 함께 가도 될까? 나도 에메랄드 시에 가서 오즈에게 도움을 요청해 볼래."

허수아비가 진심을 담아 말했다. "우리와 함께 가자." 도로시 역시 양철 나무꾼을 기쁘게 환영했다. 그래서 양철 나무꾼은 도끼를 어깨에 메고 함께 길을 나섰고, 그들은 숲을 지나 노란 벽돌길에 다시 들어섰다.

양철 나무꾼은 기름통을 도로시의 바구니에 넣어 달라고 부탁하며 말했다. "비가 와서 내 몸이 다시 녹슬게 되면 이 기름통이 필요할 거야."

새로운 동료가 이 일행에 합류한 것은 조금은 행운이었다. 여행을 다시 시작한 지 얼마 가지 않아 나무와 나뭇가지가 길 위로 너무 빽빽하게 우거져 여행자들이 통과할 수 없었다. 그러나 양철 나무꾼이 도끼를 이용해 숙련된 솜씨로 나뭇가지를 쳐내서 전체 일행을 위해 순식간에 길을 내주었다.

도로시는 친구들과 함께 걸으면서 생각에 잠겼다. 너무 골똘히 생각한 나머지 허수아비가 구덩이에 발이 걸려 길가로 나동그라지는 것도 알아채지 못했다. 정말이지 허수아비는 도로시에게 다시 일으켜 달라고 소리를 질러야 했다.

양철 나무꾼이 물었다. "왜 구덩이를 피해가지 않았니?"

허수아비가 밝은 목소리로 대답했다. "나는 아는 게 별로 없어. 보다시피 내 머리는 밀짚으로 채워져 있거든. 그게 오즈에게 두뇌를 부탁하기 위해 그를 찾아가고 있는 이유야."

양철 나무꾼이 말했다. "그렇구나. 하지만 세상에서 가장 좋은 것은 두뇌가 아니야."

허수아비가 질문했다. "너는 두뇌를 가지고 있어?"

나무꾼이 대답했다. "아니, 내 머리는 거의 비어있어. 하지만 예전에는 두뇌가 있었고, 심장도 있었지. 둘 다 가져봤으니 말할 수 있는 건데, 나는 두뇌보다는 심장을 선택하겠어."

허수아비가 물었다. "왜 그렇지?"

"내 이야기를 좀 들려줄게. 그럼 왜 그런지 이해할 수 있을 거야."

그렇게 숲 속으로 난 길을 함께 걷는 동안, 양철 나무꾼은 자신의 이야기를 들려주었다.

"나는 숲에서 나무를 베어다 팔아 생계를 꾸려가는 나무꾼의 아들로 태어났어. 내가 성인이 되었을 때 나 또한 나무꾼이 되었지. 아버지께서 돌아가신 후에 늙으신 어머니가 살아계시는 동안 모시고 살았어. 그런 다음 나는 외롭게 살지 않기 위해 결혼을 하기로 마음을 먹었지.

"먼치킨 아가씨가 있었는데 정말이지 너무 아름다워서 나

는 금방 그녀에게 마음을 온통 빼앗겨 버렸어. 그 아가씨 역시, 내가 그녀를 위해 아주 좋은 집을 지어줄 수 있을 만큼 충분히 돈을 벌면 나와 결혼하기로 약속했어. 그래서 나는 그 어느 때보다도 열심히 일하기 시작했지. 하지만 그 아가씨가 함께 살고 있는 늙은 여자는 그녀가 결혼하는 걸 원하지 않았어. 늙은 여자는 지독한 게으름뱅이라 아가씨가 함께 살면서 요리와 집안일을 하기를 바랐던 거야. 급기야 늙은 여자는 동쪽 나라의 못된 마녀를 찾아가 이 결혼을 막아준다면 마녀에게 양두 마리와 소 한 마리를 바치겠다고 약속했어. 그러자 바로 못된 마녀가 내 도끼에 마술을 걸었지. 어느 날 나는 하루라도빨리 새집과 아내를 얻고 싶은 마음에 젖 먹던 힘까지 다해 나무를 베고 있었는데, 갑자기 도끼가 내 손에서 완전히 미끄러지더니 내 왼쪽 다리를 자르는 거야.

"처음에는 이런 불행이 어디 있나 싶었지. 외발로는 나무꾼 노릇을 제대로 할 수 없다는 것을 잘 알고 있었으니까. 그래서 나는 양철공을 찾아가 양철로 된 새 다리를 만들어 달라고 한 거야. 양철 다리도 익숙해지니 쓸만하더군. 그러나 동쪽 나라의 못된 마녀는 나의 행동에 화가 났어. 그 늙은 여자에게 먼치킨 아가씨와 내가 결혼하지 못하도록 약속했던 터라 그런 거야. 그래서 내가 다시 나무를 베기 시작했을 때, 도끼가 또 미끄러지더니 이번에는 내 오른쪽 다리를 잘랐지. 나는 또 한 번 양철공을 찾아가 다시 새 양철 다리를 얻었어. 하지만 그 후에도 마법에 걸린 도끼는 내 두 팔을 하나씩 잘라내더군. 하지만 나는 조금도 굴하지 않고 양철로 교체한 거야. 그러자 이 못된 마녀는 도끼를 미끄러지게 해 내 머리까지 잘랐어. 처음에는 '결국 이렇게 죽는구나'라고 생각했어. 하지만 양철공이 마침 그 자리에 있어서 양철로 새 머리를 바로 만들어 주었지.

"나는 이제 못된 마녀가 나에게 두 손 들었다고 생각하고 전보다 더 열심히 일했어. 하지만 나의 적이 얼마나 잔인할 수 있는지 나는 거의 몰랐던 거야. 먼치킨 아가씨를 향한 내 사랑을 죽이기 위해 마녀는 새로운 수법을 생각해냈어. 내 도끼를 다시 미끄러지게 하더니 내 몸통을 둘로 쪼개버렸어. 이번에도 양철공이 나에게 달려와 양철 몸통을 만들고, 내 양철 팔과

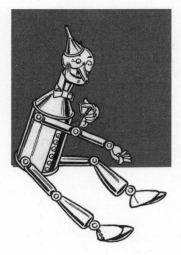

다리와 머리를 모두 몸통에 이어 붙였어. 그래서 나는 다시 예전처럼 몸을 움직일 수 있었어. 하지만 맙소사! 나는 이제 심장이 없어. 그래서 먼치킨 아가씨를 향한 모든 사랑이 사라진 거야, 그녀와 결혼을 할지 말지 관심이 없어. 그 아가씨는 아마 내가 돌아오기를 아직 기다리며

그 늙은이와 살고 있을 거야.

온몸에 햇빛을 받으면 눈부시게 빛나서 나는 무척 자랑스러웠어. 도끼가 내 몸을 다치게 할 수 없으니까 손에서 미끄러져도 이제는 상관없었지. 위험은 단 한 가지뿐이었어. 바로 내 몸의 이음매가 녹스는 것이었지. 그러나 나는 오두막에 기름통을 놓아두고 필요할 때마다 내 몸에 기름칠했어. 그런데 하루는 기름칠하는 일을 깜박하고 나갔다가 폭우를 만나게 된 거야. 결국, 위험을 생각할 겨를도 없이 내 몸의 이음매는 모두 녹슬고 말았지. 너희가 와서 나를 도와주기 전까지 나는 숲 속에 남아 서 있었던 거야. 끔찍한 경험이었지만 그렇게 혼자 일 년 정도 서 있으면서 많은 생각을 하게 되다가, 내가 아는 가장 큰 상실은 심장을 잃어버린 것이라는 것을 깨닫게 되었어. 사랑에 빠져있을 때 나는 이 세상에서 가장 행복한 사람이었지. 하지만 그 누구도 심장이 없는 사람을 사랑할 수 없잖아. 그래서 나는 오즈에게 심장을 달라고 부탁하기로 한 거야. 오즈가 나에게 심장을 만들어 준다면, 나는 먼치킨 아가씨한테 돌아가서 결혼할 거야."

도로시와 허수아비는 양철 나무꾼의 이야기를 무척이나 흥미롭게 들었다. 이제 이야기를 모두 듣고 나니 왜 그토록 양철 나무꾼이 새 심장을 가지고 싶어 하는지 이해할 수 있었다.

허수아비가 말했다. "그래도 나는 심장 대신 두뇌를 달라고 부탁할 거야. 바보는 심장이 있다 한들 그것을 가지고 뭘 해야 할지 모를 테니까 말이야."

그러자 양철 나무꾼이 대꾸했다. "그래도 나는 심장을 택하겠어. 두뇌는 사람을 행복하게 해 주지 못하거든. 행복이야말로 이 세상에서 가장 좋은 것인데 말이야."

도로시는 두 친구 가운데 누가 옳은지 몰라 아무런 말도 하지 않았다. 도로시는 캔자스로 돌아가 엠 아주머니를 다시 만날 수만 있다면 양철 나무꾼에게 두뇌가 있든 없든 허수아비에게 심장이 있든 없든, 혹은 두 친구가 자신이 원하는 것을 얻든 말든 자기와는 그다지 상관없다고 속으로 생각했다.

지금 도로시에게 가장 큰 걱정거리는 바구니에 있는 빵이 거의 다 떨어져 간다는 것이었다. 도로시와 토토가 한 끼만 더 먹으면 바구니는 텅 비어버릴 터였다. 물론 양철 나무꾼과 허수아비는 아무것도 먹지 않았다. 하지만 도로시는 양철이나 밀짚으로 만들어지지 않았기 때문에 음식을 먹지 않고는 살 수가 없었다.

Chapter VI.
The Cowardly
Lion.

겁쟁이 사자

도로시 일행은 울창한 숲 속 길을 한없이 걸었다. 여전히 길은 노란 벽돌로 포장되어 있긴 했지만, 마른 나뭇가지와 낙엽이 벽돌 위를 잔뜩 덮고 있어서 걷기가 여간 힘든 게 아니었다.

이 숲 속에는 새들이 거의 없었다. 새들은 햇빛이 쏟아지는 탁 트인 곳을 좋아하기 때문이다. 이따금 나무 사이에 숨어 있는 들짐승들이 으르렁거리는 소리가 들려오고는 했다. 으르렁거리는 소리가 들리면 도로시는 도대체 무엇이 그런 소리를 내는지 알 수 없어 심장이 쿵쾅쿵쾅 뛰었다. 그러나 토토는 그 소리를 알았기 때문에 조금도 짖지 않은 채 도로시 옆에 바싹 붙어 걸었다.

소녀가 양철 나무꾼에게 물었다. "이 숲을 빠져나가려면 얼마나 걸릴까?"

"잘 모르겠어. 에메랄드 시에는 한 번도 다녀온 적이 없어서 말이야. 그런데 내가 어렸을 때 우리 아버지가 거기에 한 번 다녀오신 적이 있어. 오즈가 사는 도시 근처는 무척 아름답지만 가는 길은 멀고 험하다고 말씀하셨어. 그래도 나는 기름통만 있으면 두려울 게 없고, 또 허수아비는 절대 다치지 않으니 괜찮아. 도로시 너는 이마 위에 착한 마녀의 입맞춤 자국이 있잖아. 그게 너를 위험으로부터 보호해 줄 거야."

도로시가 걱정스럽게 말했다. "하지만 토토는? 토토는 누가 보호해 주지?" 양철 나무꾼이 대답했다. "토토가 위험에 빠지면 우리가 보호해 주면 되지."

그가 이렇게 대답한 순간, 숲 속에서 끔찍하게 울부짖는 소리가 들리더니 갑자기 커다란 사자 한 마리가 길 위로 뛰쳐나왔다. 사자가 앞발로 한 번 후려치자 허수아비는 데굴데굴 굴러 길가로 나자빠졌다. 이어서 사자는 양철 나무꾼을 날카로운 발톱으로 공격했다. 나무꾼은 길 위로 나동그라지긴 했지만, 몸에 어떤 자국도 남지 않았고, 이것을 본 사자는 깜짝 놀랐다.

토토는 마주할 적이 나타나자 사자를 향해 맹렬히 짖으면서 달려갔고, 이 거대한 야수는 토토를 집어삼킬 기세로 입을 쫙 벌렸다. 이때 도로시는 토토가 죽을지도 모른다는 생각에 두려움을 잊은 채 재빨리 달려가 사자의 콧등을 있는 힘껏 내려치며 소리쳤다.

"어디 감히 우리 토토를 물려고 해! 너같이 덩치 큰 짐승이

가엾은 작은 강아지나 물려고 하다니 부끄러운 줄 알라고!"

그러자 사자는 도로시가 내려친 콧등을 앞발로 문지르며 대답했다. "물지 않았잖아."

도로시는 쏘아붙이며 맞받아쳤다. "아니야, 물려고 했잖아. 넌 덩치만 큰 겁쟁이일 뿐이야."

사자는 창피함에 고개를 떨구며 힘없이 답했다. "나도 알아. 항상 알고 있었다고. 하지만 어찌하겠니?"

"난 몰라, 정말. 밀짚으로 채워진 가엾은 허수아비나 후려 치다니!"

도로시가 허수아비를 일으켜 세워 준 다음 툭툭 두드리며 다시 모양을 잡아주는 것을 본 사자는 놀라면서 물었다. "밀짚으로 채워져 있다고?"

아직도 화가 풀리지 않은 도로시는 퉁명스럽게 대답했다. "그래."

사자가 언급했다. "그래서 그렇게 쉽게 넘어진 거군. 데굴 데굴 구르는 것을 보고 나도 깜짝 놀랐다고. 저 사람도 밀짚으로 채워진 거니?"

"아니. 저 사람은 양철로 만들어졌어." 도로시는 이렇게 말하며 양철 나무꾼을 일으켜 세워 주었다.

사자가 말했다. "그래서 내 발톱이 거의 무디어진 거군. 발톱으로 양철을 긁었을 때 놀라서 식은땀이 났다고. 네가 그렇게 아끼는 저 작은 짐승은 뭐야?"

"내 강아지 토토야." 도로시가 대답했다.

"저 녀석도 양철로 만들어졌니? 아니면 밀짚으로 채워져 있니?" 사자가 물었다.

"둘 다 아니야. 토토는 사-사-살을 가진 동물이야." 소녀가 말했다.

"저런, 별난 짐승이군. 이제 보니까 덩치가 진짜 작구나. 어떤 짐승도 이렇게 작은 녀석을 물려고 하지 않겠지. 나 같은 겁쟁이를 빼고는 말이야." 사자는 슬픈 목소리로 덧붙였다.

도로시는 집채만한 덩치를 가진 사자를 바라보며 기가 막힌다는 듯이 물었다. "너는 도대체 어쩌다 겁쟁이가 된 거야?"

사자가 대답했다. "나도 모르겠어. 아무래도 난 태어날 때부터 겁쟁이였던 것 같아. 이 숲에 있는 모든 동물은 당연히 내가 용감할 거로 생각해. 어디서든 사자는 동물의 왕이라고 여겨지니까. 내가 아주 큰 소리로 어흥 하고 울면 어떤 짐승이라도 겁에 질려 도망간다는 사실을 알게 되었지. 사람을 만날 때도 나는 항상 잔뜩 겁에 질렸어. 하지만 큰 소리로 으르렁거리면 사람들은 이내 달아나 버리더라고. 코끼리나 호랑이, 곰이 나와 싸우려 하면, 나는 너무 무서워서 속으로는 도망가고 싶어. 그래도 내가 으르렁거리기만 하면 다들 먼저 달아나지. 물론 나도 상대가 도망가게 내버려 두고 말이야."

허수아비가 말했다. "그래도 그건 옳지 않아. 동물의 왕이 겁쟁이여선 안 되지."

그러자 사자는 흐르는 눈물을 꼬리 끝으로 닦으며 대답했다. "나도 알아. 겁쟁이로 사는 건 너무 슬픈 일이야. 그래서 내 삶은 행복하지 않아. 하지만 위험이 닥칠 때마다 내 심장은 마구 뛰기 시작하는걸."

양철 나무꾼이 말했다. "심장병이 있는 건지 몰라."

"그럴지 모르지." 사자가 말했다.

양철 나무꾼이 말을 이어 나갔다. "그렇다면 오히려 넌 기뻐해야 해. 그건 심장이 있다는 증거이니까. 나는 심장이 없어서 심장병을 앓을 수도 없어."

사자가 깊이 생각을 하더니 대답했다. "나에게 심장이 없다면 아마도 나는 겁쟁이가 되지 않았겠지?"

이번엔 허수아비가 물었다. "네 머릿속에 두뇌는 있니?"

"그런 것 같아. 한 번도 본 적은 없지만 말이야." 사자가 대답했다.

"나는 위대한 오즈에게 가서 두뇌를 달라고 부탁할 거야. 내 머리는 밀짚으로 채워져 있거든." 허수아비가 말했다.

그러자 양철 나무꾼이 말했다. "나는 오즈에게 심장을 달라고 할 거야."

도로시가 덧붙였다. "나는 토토와 나를 캔자스로 돌려 보내달라고 부탁할 거야."

겁쟁이 사자가 물었다. "오즈가 나에게 용기를 줄 수 있을까?"

허수아비가 대답했다. "오즈에게 그건 나에게 두뇌를 주는 일 만큼 쉬울 거야."

양철 나무꾼이 말했다. "아니면 나에게 심장을 주는 일 만큼."

도로시도 거들었다. "아니면 나를 캔자스로 돌려보내는 일 만큼."

그러자 사자가 말했다. "그럼 너희만 괜찮다면 나도 같이 갈래. 용기가 조금이라도 있어야 이 삶을 견딜 수 있거든."

도로시가 대답했다. "환영해. 너랑 함께 가면 다른 짐승들이 우리에게 함부로 덤벼들지 못할 테니까. 다른 짐승들이 너를 보고 그렇게 쉽게 겁먹는 거라면 그 녀석들은 너보다도 겁이 많은 게 분명해."

"맞아. 하지만 그렇다고 해서 내가 더 용감해지는 건 아니야. 그리고 나 자신이 겁쟁이라는 사실을 알고 있는 한 나는 결코 행복하지 못할 거야."

도로시 일행은 곧 다시 여행길에 올랐다. 사자는 도로시 옆에서 위풍당당하게 걸었다. 토토는 이 사자의 커다란 입에 물릴 뻔한 기억을 떨칠 수 없었기 때문에, 처음에는 이 새로운 길동무를 반기지 않았다. 하지만 시간이 흐르면서 토토는 마음이 편안해졌고, 곧 토토와 겁쟁이 사자는 좋은 친구가 되었다.

그날은 별 탈 없이 평화로운 여행이 계속되었다. 길을 따라 엉금엉금 기어가고 있는 딱정벌레를 양철 나무꾼이 실수로 밟아 이 가엾은 작은 곤충이 죽은 일이 전부였다. 나무꾼은 살아있는 생명을 해치지 않으려고 늘 조심했던 터라 큰 슬픔에 빠졌다. 나무꾼은 걸어가면서 슬픔과 후회의 눈물을 몇 방울 흘렸다. 눈물은 나무꾼의 얼굴을 타고 턱의 이음매 부분까지 흘러내렸다. 결국, 이 이음매가 녹이 슬고 말았다. 도로시가 양철 나무꾼에게 말을 걸었지만, 나무꾼은 턱이 완전히 녹슬어 입을 열 수조차 없었다. 겁에 질린 나무꾼은 도로시를 향해 도와달라는 몸짓을 여러 번 했지만, 도로시는 이해하지 못했다. 겁쟁이 사자 역시 뭐가 잘못되었는지 몰라 어리둥절했다. 하지만 허수아비가 재빨리 도로시의 바구니에서 기름통을 꺼내 나무꾼의 턱에 기름칠하기 시작했고, 곧 나무꾼은 예전처럼 말을 할 수 있게 되었다.

그가 말했다. "이 일로 걸음을 내디딜 때마다 땅을 잘 살펴봐야 한다는 교훈을 얻었어. 또다시 다른 곤충이나 딱정벌레를 죽이게 된다면 나는 분명 또 울겠지. 그럼 눈물 때문에 내 턱이 녹슬게 될 거고, 그럼 나는 또다시 말을 할 수 없게 될 거야."

그 후로 나무꾼은 길에서 눈을 떼지 않은 채 조심조심 걸었다. 느릿느릿 기어가는 개미를 보면 개미를 해치지 않기 위해 그 위로 조심스레 넘어갔다. 양철 나무꾼은 자신에게 심장

이 없다는 사실을 너무나 잘 알고 있었기 때문에, 그 어떤 것도 잔인하거나 불친절하게 대하지 않으려고 무척이나 신경을 썼다.

나무꾼이 말했다. "심장이 있는 너희 사람들은 자신들을 안내해 줄 어떤 것이 있어, 잘못을 저지를 필요가 없지. 하지만 나는 심장이 없으므로 무척 조심해야 해. 오즈가 나에게 심장을 준다면 나는 이렇게까지 마음을 쓸 필요가 없을 거야."

Chapter VII.
The Journey to
The Great Oz.

They

위대한 오즈에게 가는 길

주변에 집 한 채도 없었기 때문에 도로시 일행은 숲 속 커다란 나무 아래서 하룻밤을 보내야 했다. 나무는 덮개처럼 드리워져 차가운 이슬을 막아 주었다. 양철 나무꾼은 도끼로 열심히 장작을 팼고, 도로시는 이 장작으로 멋진 불을 피웠다. 따뜻한 불에 몸을 녹이니 외로움도 조금은 사라졌다. 도로시와 토토는 마지막 남은 빵을 먹었다. 이제 도로시는 내일 아침에 뭘 먹어야 할지 몰랐다.

사자가 말했다. "원한다면 내가 숲에 들어가서 사슴 한 마리를 잡아다 줄게. 모닥불에 사슴고기를 구워 먹으렴. 너희 인간들은 입맛이 워낙 별나서 익힌 음식을 더 좋아하니까 말이야. 아주 맛있는 아침 식사가 될 거야."

그러자 양철 나무꾼이 애원했다. "제발 그러지 마. 네가 가엾은 사슴을 죽이면 나는 분명 또 울게 될 거고, 그럼 내 턱은 다시 녹슬고 말 거야."

하지만 사자는 숲으로 들어가 자신의 저녁거리를 찾았다. 사자가 말해주지 않았기 때문에, 사자가 저녁으로 무엇을 먹었는지는 아무도 알 수 없었다. 한편 허수아비는 견과류 열매가 주렁주렁 열린 나무를 발견했고, 앞으로 한동안 도로시가 배고프지 않도록 바구니에 열매를 가득 채웠다. 도로시는 허수아비가 정말 친절하고 사려 깊다고 생각하다가, 어색한 몸짓으로 열매를 따는 허수아비를 보고는 이내 웃음을 터뜨렸다. 허수아비의 헝겊을 덧댄 손은 너무나 쓰기 불편하고 열매는 너무 작기 때문에, 허수아비는 열매를 바구니에 담는 만큼이나 바닥에 떨어뜨리고 있었다. 하지만 허수아비는 바구니를 채우는 일이 아무리 오래 걸려도 전혀 신경 쓰지 않았다. 왜냐하면, 허수아비는 밀짚에 불똥이 튀어 몸이 다 타버리지 않을

까 두려워하여, 불에서 멀리 떨어져 있을 수 있었기 때문이었다. 활활 타오르는 불꽃으로부터 최대한 멀리 있으려고 했다. 하지만 도로시가 자려고 눕자 허수아비는 가까이 다가와서 마른 나뭇잎으로 도로시 몸을 덮어 주었다. 포근함과 따뜻함이 밀려오면서 도로시는 이튿날 아침까지 곤히 잘 수 있었다.

이튿날 아침 소녀는 잔잔히 흐르는 시냇물로 세수했고, 곧 그들은 에메랄드 시를 향해 다시 발걸음을 내디뎠다.

이날 파란만장한 하루가 여행자들을 기다리고 있었다. 걷기 시작한 지 한 시간도 채 되지 않아 거대한 골짜기가 나타났다. 골짜기 때문에 길은 끊겨 있었고, 골짜기는 양쪽으로 끝도 없이 펼쳐져 있었다. 골짜기 사이의 폭은 무척 넓었고, 도로시 일행이 가장자리로 슬금슬금 다가가 내려다보니, 깊이도 무척 깊고, 바닥에는 큼직하고 뾰족한 바위들이 잔뜩 깔려 있었다. 비탈은 너무 가팔라서 아무도 내려갈 수 없었다. 이제 이 여행은 모두 끝이 나는 것처럼 보였다.

도로시는 절망에 빠져 물었다. "이제 어떡해야 하지?"

양철 나무꾼이 말했다. "난 아무런 생각도 떠오르지 않아." 사자는 텁수룩한 갈기를 흔들며 깊은 생각에 잠기는 듯 보였다. 그러나 허수아비가 말했다.

"우리가 날 수 없다는 건 분명한 사실이야. 또 우리 중 누구도 이 골짜기를 기어서 내려갈 수도 없어. 따라서, 이 골짜기를 뛰어넘을 수 없다면, 우린 그냥 여기서 여행을 끝내야 해."

겁쟁이 사자가 속으로 골짜기 사이의 거리를 신중하게 재어 본 다음 말했다. "나는 뛰어넘을 수 있을 것 같아."

허수아비가 대답했다. "그럼 됐어. 네가 우리를 한 명씩 등에 태우고 건너뛰면 되겠다."

사자가 말했다. "좋아, 한번 해 보자. 누가 먼저 탈래?"

허수아비가 자신 있게 말했다. "내가 먼저 갈게. 네가 골짜기를 뛰어넘다가 아래로 떨어지면 도로시는 죽게 될 거고 양철 나무꾼은 바위에 부딪혀 심하게 찌그러질 테지. 하지만 내가 타면 별 상관없어. 나는 떨어져도 전혀 다치지 않을 테니까."

겁쟁이 사자가 말했다. "나는 바닥으로 떨어지는 게 끔찍이도 두려워. 그래도 뛰어넘어 보는 것 외에는 다른 수가 없는 것 같아. 자, 내 등에 올라타. 함께 넘어 가보자."

허수아비는 사자의 등에 올라탔고 사자는 벼랑 끝으로 어슬렁어슬렁 걸어가 몸을 한껏 웅크렸다.

허수아비가 물었다. "왜 달리다가 뛰어오르지 않는 거야?"

　　"그건 우리 사자들의 방식이 아니거든." 그러고는 사자는 힘껏 뛰어올라 바람을 가르며 반대편 골짜기에 무사히 발을 디뎠다. 사자가 식은 죽 먹기로 해내자 모두 기뻐 어쩔 줄 몰랐다. 허수아비가 사자 등에서 내린 후 사자는 다시 골짜기 사이를 건너뛰어 돌아왔다.

　　이번에는 도로시 차례였다. 도로시는 토토를 품에 안고 사자 등에 올라타 한 손으로 사자의 갈기를 단단히 움켜쥐었다.

다음 순간 도로시는 마치 하늘 위를 나는 듯한 기분을 느꼈다. 눈 깜짝할 사이에 도로시는 골짜기 반대편에 무사히 도착했다. 사자가 세 번째로 돌아가 양철 나무꾼을 데리고 온 후, 도로시 일행은 모두 바닥에 걸터앉아 사자가 숨을 고를 때까지 기다렸다. 사자는 몇 차례 높이 뛰어올라 골짜기를 건너면서 숨이 턱에 찼기 때문에, 오랫동안 뛰어논 덩치 큰 개처럼 거친 숨을 씩씩 몰아쉬었다.

이쪽 숲은 매우 울창하여, 어둡고 어두컴컴해 보였다. 사자가 휴식을 마치자 도로시와 친구들은 다시 노란 벽돌길을 따라 걷기 시작했다. 모두 말없이 걷고 있었지만, 각자의 머릿속에는 '과연 이 숲을 빠져나가 밝은 햇빛을 다시 볼 수 있을까'라는 걱정이 가득했다. 설상가상으로 갑자기 숲 속 깊은 곳에서 괴상한 소리가 들려오기 시작했다. 사자는 친구들에게 바로 여기가 칼리다가 사는 곳이라고 속삭였다.

소녀가 물었다. "칼리다가 뭐야?"

사자가 말했다. "몸통은 곰 같고 머리는 호랑이같이 생긴 괴물이야. 발톱도 무척 길고 날카로워. 내가 토토를 쉽게 죽이는 만큼 쉽게 칼리다가 나를 둘로 찢어 버릴 수 있어. 나는 칼리다가 정말 무서워."

도로시가 대답했다. "네가 왜 그렇게 무서워하는지 이해가 된다. 칼리다는 정말 무시무시한 괴물일 것 같아.

사자가 대꾸하려던 순간, 도로시 일행 앞에 또 다른 골짜기가 나타났다. 이번 골짜기는 사자도 뛰어넘을 수 없을 만큼 깊고 넓었다.

그래서 도로시와 친구들은 앉아서 이제 어떻게 해야 할지 고민하기 시작했다. 오랜 생각 끝에 허수아비가 입을 열었다.

"저기 골짜기 옆에 큰 나무가 있잖아. 양철 나무꾼이 저 나무를 도끼로 벨 수 있다면 나무가 반대편으로 넘어갈 거야. 그럼 우리는 나무 위로 쉽게 골짜기를 건널 수 있어."

사자가 말했다. "기막힌 생각이군. 누가 들으면 네 머릿속에 밀짚이 아니라 두뇌가 있다고 생각하겠는걸?"

양철 나무꾼은 곧바로 일을 시작했다. 날카로운 도끼날에 나무는 금세 거의 베어졌다. 그러자 사자가 튼튼한 앞발을 나무에 대고 온 힘을 다해 나무를 밀었다. 커다란 나무는 천천히 기울어지더니 마침내 쿵 소리를 내며 골짜기를 가로질러 쓰러졌다. 나무 꼭대기 가지가 골짜기 반대편에 걸쳐졌다.

도로시 일행이 이 외나무다리를 막 건너기 시작했을 때 날카롭게 으르렁거리는 소리가 들려왔다. 모두 놀라서 돌아보니 곰 같은 몸에 호랑이 머리를 한, 두 마리 커다란 짐승이 그들을 향해 달려오고 있었다. 도로시와 친구들은 잔뜩 겁에 질렸다.

"저게 칼리다야!" 겁쟁이 사자가 부들부들 떨며 말했다.

허수아비가 외쳤다. "서둘러! 빨리 다리를 건너자!"

도로시가 토토를 품에 안고 먼저 다리를 건넜다. 양철 나무꾼이 그 뒤를 따랐고, 그다음은 허수아비 차례였다. 사자는 무척이나 겁이 났지만 뒤돌아서 칼리다들과 맞섰다. 사자가 큰 소리로 무섭게 으르렁거리자, 도로시는 비명을 질렀고 허수아비도 깜짝 놀라 뒤로 나자빠졌다. 이 사나운 짐승들조차 놀라서 잠시 멈춰 서서 사자를 바라보았다.

하지만 칼리다들은 사자가 자신들보다 몸집이 더 작고 또 자신들은 둘인데 사자는 혼자라는 사실을 깨닫고 다시 맹렬하게 달려오기 시작했다. 사자는 외나무다리를 건넌 다음, 칼리다들이 어떻게 하는지 보려고 돌아보았다. 이 사나운 짐승들이 멈추지 않고 외나무다리를 건너기 시작하자 사자는 도로시에게 말했다.

"이젠 방법이 없어. 칼리다들은 날카로운 발톱으로 우리를 갈기갈기 찢어 버릴 거야. 그래도 내 뒤에 꼭 붙어 있어. 내가 목숨이 붙어 있는 한 저놈들과 싸워볼 테니까."

그때 허수아비가 외쳤다. "잠깐만!" 위기를 모면할 가장 좋은 방법을 골똘히 생각한 허수아비는 양철 나무꾼에게 자신들이 서 있는 쪽에 걸쳐져 있는 나무의 끄트머리를 베어 버리라고 했다. 양철 나무꾼은 곧바로 도끼질을 시작했다. 칼리다 두 마리가 외나무다리를 거의 다 건넜을 때, 나무는 우지끈하는

소리를 내며 골짜기 밑으로 떨어졌다. 으르렁거리던 흉측한 짐승들도 나무와 함께 떨어졌고, 결국 골짜기 바닥에 있던 바위에 부딪혀 산산조각이 났다.

겁쟁이 사자는 깊은 안도의 한숨을 쉬며 말했다. "우리가 조금은 더 오래 살 수 있게 되어 기쁘군. 죽는다는 건 무척 불쾌한 일일 테니까 말이야. 그 짐승들 때문에 너무 겁이 나서 아직도 심장이 쿵쾅거려."

양철 나무꾼이 슬픈 목소리로 말했다. "아, 나도 쿵쾅거리는 심장이 있다면 얼마나 좋을까!"

이 모험을 겪은 뒤, 여행객들은 이 숲을 빨리 빠져나가고 싶은 마음이 더욱 간절해져 걸음을 재촉했다. 도로시가 금세 지쳐서 사자 등에 올라타야 했다. 다행히 울창한 숲은 조금씩 걷히기 시작했고, 오후가 되자 갑자기 그들 앞에는 드넓은 강이 나타났다. 강 건너편에는 아름다운 땅을 가로질러 노란 벽돌길이 나 있고, 아름다운 꽃으로 수 놓은 푸른 초원이 펼쳐져 있었다. 길 양쪽에는 먹음직한 과일이 주렁주렁 매달린 나무가 줄지어 서 있었다. 그들은 앞에 펼쳐진 이 기분 좋은 나라를 보니 너무 즐거웠다.

도로시가 물었다. "어떻게 저 강을 건너지?"

그러자 허수아비가 대답했다. "그건 어렵지 않아. 양철 나

무꾼이 뗏목을 만들어 주면 그걸 타고 건너면 돼."

그래서 양철 나무꾼은 곧 뗏목을 만드는 데 필요한 아담한 나무를 도끼로 베기 시작했다. 그동안 허수아비는 강기슭에서 맛있는 과일이 주렁주렁 열린 나무 한 그루를 찾아냈다. 도로시는 온종일 딱딱한 열매밖에 먹지 못했던 터라 몹시 기뻐하며 잘 익은 과일들로 맛있는 한 끼 식사를 했다.

그러나 양철 나무꾼처럼 부지런하고 지칠 줄 모르는 일꾼에게도 뗏목을 만드는 일은 시간이 꽤 걸렸다. 밤이 되어도 일은 끝나지 않았다. 그래서 그들은 어느 나무 밑에 아늑한 잠자리를 찾아 아침까지 단잠을 잤다. 도로시는 에메랄드 시에 도착해 마음씨 좋은 오즈 마법사를 만나 마침내 고향으로 돌아가는 꿈을 꾸었다.

Chapter VIII.
The Deadly
Poppy Field.

죽음의 양귀비 꽃밭

여행객들은 상쾌하고 희망찬 마음으로 이튿날 아침을 맞았다. 도로시는 강기슭의 나무에서 딴 복숭아와 자두로 공주님처럼 아침 식사를 했다. 갖은 어려움을 겪었지만 결국에는 무사히 빠져나올 수 있었던 어두운 숲이 도로시 일행 뒤에 드리워져 있었다. 하지만 그들 앞에는 아름답고 눈부신 땅이 펼쳐져 있었다. 마치 도로시와 친구들에게 에메랄드 시로 어서 오라고 손짓하는 듯했다.

물론 지금은 드넓은 강이 그 아름다운 땅과 도로시 일행 사이를 가로막고 있었다. 하지만 이제 뗏목이 거의 완성되었다. 양철 나무꾼이 통나무 몇 개를 더 베어 나무못으로 한데 엮자 마침내 그들은 떠날 준비가 되었다. 도로시는 토토를 품에 안고 뗏목 한가운데 앉았다. 겁쟁이 사자가 뗏목에 올라탔을 때, 워낙 덩치가 크고 무거워서 뗏목이 한쪽으로 크게 휘청거렸다. 그러나 허수아비와 양철 나무꾼이 반대편에 올라타서

뗏목의 균형을 잡았다. 허수아비와 나무꾼은 장대를 손에 들고 뗏목이 물살을 가로질러 앞으로 나아가도록 힘껏 밀었다.

처음에는 모든 것이 순조로웠다. 하지만 강 한가운데에 이르자 뗏목은 급물살을 만나 노란 벽돌길에서 점점 멀어지며 아래로 떠밀려 갔다. 강물도 점점 깊어져 이제는 장대가 강바닥에 닿지 않았다.

양철 나무꾼이 말했다. "이거 큰일이군. 강 건너편 땅에 닿지 못한다면 우리 배는 못된 서쪽 마녀의 땅으로 떠밀려 갈 거야. 그럼 그 마녀는 주문을 걸어 우리를 자신의 노예로 만들어 버릴 게 틀림없어."

허수아비가 말했다. "그럼 나는 두뇌를 얻지 못하겠군."

겁쟁이 사자도 말했다. "나는 용기를 얻지 못하겠군."

양철 나무꾼이 말했다. "나는 심장을 얻지 못하겠군."

이번엔 도로시가 말했다. "나는 영영 캔자스로 돌아가지 못할 거야."

허수아비가 말을 이었다. "할 수만 있다면 우리는 반드시 에메랄드 시에 도착해야 해." 허수아비는 자신이 가지고 있는 장대를 있는 힘껏 밀었다. 하지만 너무 세게 민 나머지 장대는 강바닥 진흙 사이에 끼어 버렸고, 그가 미처 막대기를 다시 빼내거나 막대기를 놓아 버릴 틈도 없이 뗏목은 물살에 떠밀려 갔다. 가여운 허수아비는 장대 끝에 대롱대롱 매달린 채 강 한복판에 남겨졌다.

허수아비는 멀어져 가는 그들을 향해 외쳤다 "잘 가!" 그들은 허수아비를 두고 떠나서 몹시 미안해했고, 양철 나무꾼은 울기 시작했다. 하지만 자신이 녹슬어 버릴 수 있다는 사실을 다행히 기억하고는 도로시의 앞치마로 눈물을 훔쳤다.

두말할 나위 없이 이건 허수아비에게 큰 시련이었다.

허수아비는 생각했다. "지금이 도로시를 처음 만났을 때보다도 더 안 좋은 상황이군. 그때는 옥수수밭에서 기다란 장대에 매달려 적어도 까마귀들을 쫓기라도 했는데. 강 한복판에서는 이렇게 대롱대롱 매달려 있는 허수아비는 아무런 쓸모가 없으니 말이야. 결국, 나는 영영 두뇌를 가질 수 없게 될지도 몰라!"

뗏목은 강 아래쪽으로 계속해서 떠내려갔고, 허수아비는 홀로 남게 되었다. 그때 사자가 말했다.

"살기 위해서는 무슨 수라도 내야겠어. 내가 뗏목을 끌고 강 건너편으로 헤엄쳐 갈 테니 너희는 내 꼬리를 단단히 붙잡고 있어."

그렇게 사자는 물속으로 첨벙 뛰어들었다. 양철 나무꾼이 사자의 꼬리를 단단히 붙들자 사자는 온 힘을 다해 강기슭으로 헤엄쳐 가기 시작했다. 물살을 거슬러 뗏목을 끌고 가는 것은 덩치가 큰 사자에게도 힘에 부치는 일이었다. 하지만 뗏목은 조금씩 조금씩 물살에서 벗어나기 시작했고, 그때 도로시는 양철 나무꾼의 장대를 가지고 힘껏 밀어 뗏목이 뭍으로 나아가도록 도왔다.

마침내 강기슭에 도착해 아름다운 풀밭에 발을 디뎠을 때, 그들은 모두 녹초가 되어 있었다. 그들은 에메랄드 시로 이어지는 노란 벽돌길에서 한참 떨어진 곳까지 떠밀려 왔다는 사실을 깨달았다.

사자가 햇빛에 젖은 몸을 말리려고 풀밭에 엎드렸을 때 양철 나무꾼이 물었다. "이제 어떻게 하지?"

도로시가 대답했다. "어떻게든 저 벽돌길로 돌아가야 해."

사자가 말했다. "가장 좋은 방법은 노란 벽돌길이 나올 때까지 강둑을 따라 걷는 거야."

그렇게 그들은 잠시 휴식을 취한 뒤, 도로시는 바구니를 집어 들었다. 그들은 강물에 떠내려오기 전 건너편에서 보았던 노란 벽돌길을 향해 풀이 우거진 강둑을 따라 걷기 시작했다. 꽃이 흐드러지게 피고 과일나무가 무성하고 햇살이 눈부시게 내리쬐는 아름다운 땅을 걸으면서, 도로시 일행은 기분이 한결 나아졌다. 가여운 허수아비 때문에 마음이 무거운 것만 아니었다면 그들은 한껏 행복함을 느낄 수 있었을 것이다.

도로시가 아름다운 꽃을 꺾기 위해 한 번 잠시 멈춘 것만 빼고는 모두 부지런히 걸었다. 시간이 꽤 흘렀을 때 양철 나무꾼이 외쳤다.

"저기 봐!"

양철 나무꾼이 가리키는 곳을 바라보니 강 한복판에서 허수아비가 장대에 매달려 있었다. 몹시 슬프고 외로워 보였다.

도로시가 물었다. "허수아비를 구할 방법이 없을까?"

사자와 양철 나무꾼은 어떻게 해야 할지 몰라 둘 다 고개를 저었다. 모두 강둑 위에 걸터앉아 허수아비를 측은하게 바라보았다. 바로 그때, 황새 한 마리가 날아가다가 도로시 일행을 보고는 물가에 내려와 앉았다.

황새가 물었다. "너희는 누구니? 어디 가는 길이야?"

소녀가 대답했다. "나는 도로시라고 해. 여기는 내 친구, 양철 나무꾼과 겁쟁이 사자야. 우리는 에메랄드 시로 가는 길이야."

황새가 기다란 목을 돌리더니 이 별난 여행자들을 뚫어지게 쳐다보면서 말했다. "이 길은 에메랄드 시로 가는 길이 아니야."

도로시가 대답했다. "알고 있어. 하지만 허수아비가 홀로 남겨져서 어떻게 구할 수 있을까 고민 중이야."

황새가 물었다. "허수아비가 어디 있는데?"

"저기 강 한복판에." 소녀가 말했다.

"허수아비가 너무 크거나 무겁지만 않다면 내가 구해줄 수 있을 거야." 황새가 말했다.

도로시가 간절히 말했다. "허수아비는 전혀 무겁지 않아. 속이 밀짚으로 채워져 있거든. 허수아비를 우리가 있는 곳으

로 데려다주면 정말 정말 고맙겠어."

황새가 말했다. "좋아, 한번 해 볼게. 하지만 허수아비가 너무 무거우면 강에 다시 떨어뜨려야 할지도 몰라."

큰 새는 하늘 높이 날아올라 강물을 건너 허수아비가 앉아 있는 장대를 향해 갔다. 그러고는 커다란 발톱으로 허수아비의 팔을 움켜쥐고 허공으로 들어 올린 뒤, 도로시와 사자, 양철 나무꾼, 토토가 앉아있는 강둑으로 돌아왔다.

다시 친구들을 만나게 되자 허수아비는 몹시 기뻐하며 모두를 끌어안았다. 사자와 토토까지도 꼭 끌어안았다. 다시 함께 걷기 시작했을 때, 허수아비는 기분이 좋아져 걸음을 내디딜 때마다 "룰루랄라!" 노래를 흥얼거렸다.

허수아비가 말했다. "영영 강 한복판에 남게 될까 봐 무서웠어. 하지만 마음씨 좋은 황새가 나를 구해주었지. 내가 두뇌를 얻게 된다면 꼭 황새를 다시 찾아가 보답으로 친절을 베풀어야지."

그들과 나란히 날아가던 황새가 말했다. "괜찮아. 나는 항상 어려움에 부닥친 사람을 도와주려고 하지. 하지만 이제 가봐야겠다. 우리 아기들이 둥지에서 나를 기다리고 있거든. 너희가 꼭 에메랄드 시에 무사히 도착해서 오즈의 도움을 받을 수 있기를 바랄게."

도로시가 대답했다. "고마워." 친절한 황새는 공중으로 날아오르더니 금세 사라져 버렸다.

그들은 화려한 빛깔의 새들이 지저귀는 소리를 들으면서, 또 아름답게 핀 꽃들을 바라보면서 부지런히 걸었다. 노란색과 하얀색, 파란색, 보라색의 큼지막한 꽃들이 마치 양탄자처럼 길을 뒤덮고 있었다. 무리 지어 피어있는 양귀비꽃은 눈이 부실 정도로 화려했다.

"정말 아름다운 꽃이지?" 양귀비꽃이 뿜어내는 강한 향기를 맡으며 도로시가 말했다.

허수아비가 대답했다. "그런 것 같아. 나에게도 두뇌가 생긴다면 꽃을 더 좋아하게 될 텐데."

양철 나무꾼이 덧붙여 말했다. "나에게 심장이 있다면 꽃을 사랑할 수 있을 텐데."

사자가 말했다. "나는 언제나 꽃을 좋아했어. 꽃은 힘없고 연약해 보이지. 하지만 숲 속에는 이렇게 화려한 꽃은 없어."

앞으로 걸어갈수록 양귀비꽃은 점점 많아지고 다른 꽃들은 줄어들었다. 어느새 도로시 일행은 끝없이 펼쳐진 양귀비꽃밭 한복판에 들어와 있었다. 양귀비꽃들이 한데 많이 피어있는 곳에서는 꽃 내음이 너무 독해서 그 향기를 맡은 사람은 이내 잠이 들고 잠든 사람을 향기가 나지 않는 곳으로 옮기지 않으면 그 사람은 영원히 자게 된다고 알려졌다. 도로시는 이런 사실을 몰랐을 뿐만 아니라 양귀비꽃들이 지천으로 피어있었기 때문에 그 향기에서 벗어날 수도 없었다. 도로시는 눈꺼풀이 점점 무거워져 잠시 앉아서 잠을 자야겠다고 생각했다.

하지만 양철 나무꾼이 잠을 자지 못하게 도로시를 재촉했다.

"어두워지기 전에 노란 벽돌길로 돌아가려면 서둘러야 해." 허수아비도 그와 같은 생각이었다. 그래서 그들은 계속 부지런히 걸었다. 하지만 결국 도로시는 이제는 서 있을 수도 없었다. 눈이 저절로 스르르 감기더니 도로시는 양귀비 꽃밭 사이로 털썩 쓰러져 곤히 잠들어 버렸다.

양철 나무꾼이 물었다. "어떡해야 하지?"

사자가 말했다. "도로시를 여기에 두고 가면 죽고 말 거야. 이 양귀비꽃 향기 때문에 우리 모두 죽게 될 거야. 나도 지금 눈을 뜨고 있기조차 힘들 지경이고, 토토도 이미 잠들어 버렸어."

사자 말은 사실이었다. 토토는 자기 주인 옆에 쓰러져 있었다. 하지만 허수아비와 양철 나무꾼은 살로 만들어진 것이 아니어서 독한 양귀비꽃 향기를 아무리 맡아도 멀쩡했다.

허수아비가 사자에게 외쳤다. "빨리 뛰어! 이 죽음의 꽃밭을 되도록 빨리 빠져나가. 도로시는 우리가 데리고 가면 돼. 하지만 네가 잠들어 버리면 덩치가 너무 커서 우리가 옮길 수 없을 거야."

그래서 사자는 잠을 쫓으며 온 힘을 다해 달렸다. 사자는 순식간에 눈앞에서 사라졌다.

허수아비가 말했다. "우리 둘이 손가마를 만들어서 도로시를 옮기자." 허수아비와 양철 나무꾼은 토토를 들어 도로시 무릎에 앉혔다. 그다음 손으로 자리를 만들고 팔로 팔걸이를 만들어 잠든 도로시를 그 위에 앉힌 다음, 꽃밭 사이를 걷기 시작했다.

둘은 쉬지 않고 걸었다. 거대한 양탄자처럼 펼쳐진 죽음의 꽃밭은 영원히 계속될 것 같았다. 그들은 강굽이를 따라 걸어가다가 마침내 양귀비꽃 사이에 쓰러져 곤히 잠든 사자를 발견했다. 사자처럼 덩치 큰 짐승도 양귀비꽃의 독한 향기를 이기지 못하고, 결국 꽃밭이 끝나는 곳에 도착하기 직전에 쓰러져 버린 것이다. 바로 앞에는 향긋한 초록빛 풀밭이 드넓게 펼쳐져 있었다.

양철 나무꾼이 슬픈 목소리로 말했다. "어쩔 도리가 없어. 사자는 너무 무거워서 우리가 옮길 수 없으니까. 여기서 영원히 잠자도록 내버려 둘 수밖에. 사자는 마침내 용기를 갖게 되는 꿈을 꿀지도 몰라."

허수아비가 말했다. "정말 안됐어. 그렇게 겁 많은 사자치고는 정말 좋은 친구였는데. 그래도 우리끼리 가는 수밖에."

허수아비와 양철 나무꾼은 도로시가 이제는 독한 양귀비 꽃 향기를 맡지 못하도록 양귀비 꽃밭에서 멀리 떨어진 강기슭으로 잠든 도로시를 데려갔다. 그들은 도로시를 부드러운 풀밭 위에 눕힌 다음, 신선한 산들바람이 도로시를 깨워 주기를 기다렸다.

Chapter IX.
The Queen of the
Field Mice.

"We

들쥐의 여왕

허수아비가 도로시 곁에 서서 말했다. "이제 강물에 떠밀려 내려간 만큼 걸어 왔으니까 머지않아 노란 벽돌길에 도착할 거야."

양철 나무꾼이 대꾸하려고 입을 떼려는 순간, 나지막하게 으르렁하는 소리가 들려왔다. 나무꾼은 소리가 나는 쪽으로 고개를 돌렸다. 이음매 덕분에 목은 아주 부드럽게 돌아갔다. 괴상하게 생긴 짐승 하나가 도로시 일행을 향해 풀밭 위를 달려오고 있었다. 덩치가 큰 누런 살쾡이였다. 양철 나무꾼은 이 살쾡이가 분명 무언가를 쫓고 있다고 생각했다. 양쪽 귀를 머리 쪽에 바싹 붙이고 사나운 이빨이 다 보이도록 입을 쫙 벌리며, 빨간 눈동자는 불꽃처럼 이글거리고 있었기 때문이다. 살쾡이가 더 가까이 다가오자 바로 앞에 조그마한 회색 들쥐 한 마리가 도망치고 있는 것이 보였다. 양철 나무꾼은 비록 심장은 없었지만, 살쾡이가 저렇게 귀엽고 아무에게도 해를 끼치지 않는 동물을 죽이는 일은 잘못이라는 것을 알았다.

그래서 양철 나무꾼은 살쾡이가 자신의 옆을 지나갈 때 재빨리 도끼로 내리쳤다. 살쾡이의 머리는 댕강 잘려나갔고 두 동강이 난 살쾡이는 이내 풀밭 위로 고꾸라졌다.

이제 적의 위협에서 벗어난 들쥐는 걸음을 멈추고 양철 나무꾼을 향해 천천히 기어왔다. 그러고는 나지막이 찍찍거리며 말했다.

"목숨을 구해줘서 정말 고마워요!"

"천만에. 나는 심장이 없어서 친구가 필요한 이들을 도와주려고 늘 신경을 써. 하찮은 들쥐조차 도와주려고 하지."

들쥐는 성난 목소리로 말했다. "하찮다니요! 이래 봐도 나는—들쥐의 여왕이라고요!"

양철 나무꾼은 바로 여왕에게 공손하게 절을 했다. "아이고, 몰라봤군요."

여왕이 덧붙여 말했다. "그러니까 당신이 내 목숨을 구해준 것은 용감할 뿐만 아니라 훌륭한 행동이랍니다."

바로 그때 들쥐 몇 마리가 작은 다리로 있는 힘을 다해 뛰어오고 있는 것이 보였다. 들쥐들은 자신들의 여왕이 무사한 것을 보고 소리쳤다.

"여왕 폐하, 우리는 여왕님께서 목숨을 잃으셨다고 생각했습니다. 그 살쾡이에게서 어떻게 도망치셨습니까?" 들쥐들은 이 작은 여왕 앞에 크게 절을 했다. 머리를 너무 조아려서 마치 물구나무서기를 하는 것처럼 보였다.

여왕 들쥐가 대답했다. "이 재미있는 양철 나무꾼님이 살쾡이를 죽이고 내 목숨을 구해주셨다. 그러니 이제부터 이분을 극진히 섬기고 아무리 사소한 명령이라도 복종해야 하느니라."

"네, 분부대로 하겠습니다!" 들쥐들은 모두 한목소리로 대답했다. 그러더니 갑자기 들쥐들은 뿔뿔이 흩어지기 시작했다. 잠에서 깨어난 토토가 들쥐들을 보고 흥분해서 멍멍 짖으면서 들쥐 떼 한가운데로 뛰어들었기 때문이다. 토토는 캔자스에서 살 때도 항상 쥐를 쫓는 것을 좋아했고, 그것이 나쁜 일이라고 생각하지 않았다.

그러나 양철 나무꾼이 토토를 팔로 붙잡아 단단히 움켜쥐고는 들쥐들을 향해 외쳤다. "돌

아오렴! 돌아오렴! 토토는 너희를 해치지 않을 거야."

이 소리를 듣고 여왕 들쥐는 수풀 속에서 머리만 살짝 내밀고는 겁먹은 목소리로 물었다. "정말로 그 강아지가 우리를 물지 않을까요?"

"내가 토토를 붙들고 있으니

까 괜찮아. 무서워할 필요 없어." 양철 나무꾼이 말했다.

들쥐들은 하나둘씩 조심스레 기어 돌아왔고, 토토는 양철 나무꾼의 품에서 벗어나려고 낑낑대기는 했으나 다시 짖지 않았다. 나무꾼이 양철로 만들어졌다는 사실을 몰랐다면 토토는 아마 나무꾼의 팔을 물어 버렸을 것이다. 마침내 가장 덩치가 큰 들쥐가 입을 열었다.

"우리 여왕님을 구해주신 것에 대한 보답으로 우리가 무엇을 해 드릴까요?"

양철 나무꾼이 말했다. "딱히 생각나는 것이 없네." 하지만 허수아비가 재빨리 끼어들었다. 허수아비는 줄곧 무엇을 부탁할지 고민하고 있었지만, 머리가 밀짚으로 채워져 있어 생각할 수 없었다.

"부탁이 하나 있어. 지금 양귀비 꽃밭에서 자는 우리 친구 겁쟁이 사자를 구해주렴."

여왕 들쥐가 말했다. "사자를 구해달라고요? 사자는 우리 모두를 먹어 버리고 말 거예요."

허수아비가 단호히 말했다. "절대 그럴 리 없어. 그 녀석은 겁쟁이거든."

쥐가 물었다. "정말요?"

허수아비가 대답했다. "자기 입으로 그렇게 말했는걸. 우리의 친구는 그 누구도 절대 해치지 않을 거야. 장담하는데, 우리를 도와 사자를 구해주면 그 녀석은 너희를 아주 친절하게 대할 거야."

여왕이 말했다. "알겠어요. 우리는 당신들을 믿어요. 그럼 우리가 어떻게 해야 하나요?"

"너를 여왕이라고 부르며 따르는 들쥐들이 많니?"

여왕이 말했다. "물론이지요. 수천 마리는 되지요."

"그럼 그 들쥐들을 모두 이곳으로 빨리 불러줘. 그리고 각자 긴 끈을 가지고 오라고 명령해 줘."

여왕 들쥐는 신하 들쥐들에게 당장 가서 모든 백성을 데리고 오라고 명령했다. 명령이 떨어지자마자 들쥐들은 힘껏 내달리며 사방으로 흩어졌다.

허수아비가 양철 나무꾼에게 말했다. "너는 저기 강기슭에 있는 나무들을 베어서 사자를 옮길 수 있는 수레를 만들어야 해."

양철 나무꾼은 곧장 나무들이 있는 곳으로 가서 일하기 시작했다. 큰 나뭇가지에 달린 나뭇잎과 잔가지를 모두 쳐 낸 다음 이 가지들을 나무못으로 연결해 수레를 뚝딱 만들었다. 그러고는 큰 나무둥치를 베어 바퀴 네 개를 만들었다. 양철 나무꾼은 아주 빠른 속도로 능숙하게 일을 해 나갔고, 백성 들쥐들이 도착하기 시작했을 때 수레는 이미 완성되어 있었다.

사방에서 백성 들쥐들이 모여들었다. 몸집이 큰 들쥐에서

아담한 들쥐, 중간 크기의 들쥐까지 수천 마리나 되었고, 각자 입에는 끈 한 가닥을 물고 있었다. 도로시는 그제야 긴 잠에서 깨어나 눈을 떴다. 도로시는 풀밭에 누워있는 자기를 에워싸고 있는 수천 마리의 들쥐들이 모두 겁먹은 얼굴로 자기를 바라보고 있는 것을 발견하고는 깜짝 놀랐다.

허수아비가 도로시에게 자초지종을 설명한 후 근엄한 여왕 들쥐를 돌아보며 말했다.

"들쥐의 여왕님을 제가 소개하고자 하나이다."

도로시는 엄숙하게 고개를 끄덕였고, 여왕 들쥐도 도로시에게 정중하게 인사를 건넸다. 여왕 들쥐와 작은 소녀는 금세 친해졌다.

허수아비와 양철 나무꾼은 들쥐들이 가져온 끈으로 들쥐들을 수레에 묶기 시작했다. 끈의 한쪽 끝을 들쥐의 목에 걸고 다른 쪽 끝은 수레에 묶었다. 물론 수레는 들쥐 한 마리보다 천 배는 더 컸다. 하지만 들쥐들이 모두 수레에 묶이자 수레는 쉽게 끌렸다. 심지어 허수아비와 양철 나무꾼이 수레 위에 앉았지만, 들쥐들이 모두 힘을 합치자 수레는 빠르게 움직였다. 이 조그맣고 별난 말들은 수레를 끌고 사자가 잠들어 있는 곳으로 달려갔다.

사자가 워낙 무거웠기 때문에 사자를 수레 위에 싣는 것은 여간 어려운 일이 아니었다. 마침내 사자를 태우고 난 후 여왕 들쥐는 백성 들쥐들에게 서둘러 출발하라고 명령했다. 양귀비 꽃밭에 너무 오래 있다가는 들쥐들도 모두 잠들어 버릴까 걱정되었기 때문이었다.

들쥐들의 수가 많긴 했지만, 수레가 워낙 무거운 탓에 처음에는 들쥐들이 아무리 밀어도 수레는 꿈쩍도 하지 않았다.

하지만 양철 나무꾼과 허수아비가 수레를 뒤에서 함께 밀기 시작하자 수레가 마침내 굴러가기 시작했다. 곧 사자를 태운 수레는 양귀비 꽃밭을 빠져나와 초록빛 풀밭에 다다랐다. 그곳에서 사자는 독한 양귀비꽃 향기 대신 신선한 공기를 다시 마실 수 있었다.

도로시는 마중을 나와서 들쥐들에게 친구를 구해줘서 고 맙다는 인사를 따뜻하게 건넸다. 도로시는 사자를 무척 좋아 하게 되었기 때문에 사자를 구해 낸 것이 몹시 기뻤다.

들쥐들은 수레에 묶인 끈을 풀고 재빨리 풀밭 속 보금자리 로 돌아갔다. 여왕 들쥐는 가장 마지막에 떠나며 말했다.

"우리 도움이 필요하면 언제든지 이 풀밭에 나와 우리를 부르세요. 그 소리를 들으면 곧장 나와서 도와 드릴게요. 그럼 잘 있어요!"

그들 모두 한목소리로 작별 인사를 했다. "잘 가!" 여왕 들 쥐는 돌아갔고, 그러는 동안 도로시는 토토가 여왕 들쥐를 뒤 쫓아가 놀라게 하지 못하도록 토토를 꼭 붙들고 있었다.

그러고 나서 도로시와 친구들은 사자 옆에 앉아 사자가 깊 은 잠에서 깨어나기를 기다렸다. 허수아비는 근처 나무에서 과일을 따다가 도로시에게 갖다 주었고, 도로시는 저녁을 대 신해서 그것을 먹었다.

Chapter X.
The Guardian
of the Gate.

It

문지기

겁쟁이 사자는 오랫동안 양귀비 꽃밭에 누워 독한 향기를 맡았기 때문에 잠에서 깨어나기까지 꽤 시간이 걸렸다. 그러나 마침내 눈을 뜬 사자는 수레에서 굴러떨어지더니, 자기가 아직 살아있다는 것을 알고는 몹시 기뻐했다.

사자는 털썩 주저앉아 하품을 늘어지게 하며 말했다. "나는 최대한 빨리 달렸어. 하지만 양귀비꽃 향기가 너무 독해서 결국 잠이 들고 말았지. 날 어떻게 구해낸 거야?"

그들은 풀밭에 사는 들쥐들이 어떻게 사자를 구해주었는지 설명했다. 이야기를 다 듣고 나더니 겁쟁이 사자는 큰 소리로 웃으며 말했다.

"나는 항상 내가 크고 무서운 존재라고 생각했어. 하지만 양귀비꽃같이 하찮은 존재가 나를 거의 죽일 뻔하고, 들쥐같이 조그마한 동물이 나를 구해주다니. 이 모든 게 정말 재미있군! 하지만 친구들, 이제 우리는 어떻게 해야 하지?"

도로시가 말했다. "노란 벽돌길이 다시 나타날 때까지 계속 걸어야 해. 그래야 우리는 에메랄드 시로 갈 수 있을 테니까."

사자가 완전히 기운을 차리자 그들은 다시 여행길에 올랐다. 모두 부드럽고 싱그러운 풀밭 사이를 걸으며 즐거움을 만끽했다. 머지않아 도로시와 친구들은 노란 벽돌길에 이르렀고, 이제 다시 위대한 오즈가 사는 에메랄드 시로 향했다.

길은 매끄럽게 잘 포장되었고, 주위 풍경도 아름다웠다.

여행객들은 어두컴컴한 그늘 속에서 온갖 위험을 겪은 숲을 뒤로 멀리하고 떠나가니 기뻤다. 이곳에도 길가에 울타리가 세워져 있었지만, 예전과는 달리 초록색으로 칠해져 있었다. 농부가 사는 게 분명해 보이는 어느 작은 집 역시 초록색으로 칠해져 있었다. 그 날 오후 도로시 일행은 이런 집들을 몇 채 지나갔다. 간간이 사람들이 문간에 나와 호기심 어린 눈으로 그들을 쳐다보곤 했다. 하지만 커다란 사자가 무서워서

누구도 가까이 다가오거나 말을 걸지 않았다. 이곳 사람들은 모두 에메랄드 빛깔의 초록색 옷을 입고 있었고 먼치킨들처럼 끝이 뾰족한 모자를 쓰고 있었다.

도로시가 말했다. "여기가 오즈의 나라인 게 분명해. 우리는 확실히 에메랄드 시에 가까워지고 있어."

허수아비가 대꾸했다. "맞아. 여기는 모든 게 초록색이네. 먼치킨들은 파란색을 좋아했는데 말이야. 하지만 이곳 사람들은 먼치킨들만큼 친절해 보이지 않아. 오늘 밤을 지낼 곳을 찾을 수 있을지 걱정이군."

소녀가 말했다. "나는 이제 과일 말고 다른 걸 먹고 싶어. 토토도 거의 배가 고파 죽을 지경이야. 다음에 나오는 집에 들러서 그 집 사람들에게 부탁해 보자."

꽤 큰 농가가 나타나자, 도로시는 씩씩하게 걸어가 문을 두드렸다. 한 여자가 문을 열고 빼꼼히 얼굴을 내밀며 말했다.

"무슨 일이니? 아이야, 그리고 저 커다란 사자는 왜 너와 함께 있는 거니?"

"괜찮으시면 아주머니댁에서 하룻밤을 묵어도 될까요? 그리고 사자는 저와 같이 여행하고 있는 친구예요. 절대 아주머니를 해치지 않을 거예요."

그제야 여자는 문을 조금 더 열면서 물었다. "길든 사자이니?"

"그럼요. 게다가 겁쟁이이기까지 해요. 아주머니께서 사자를 무서워하는 것보다 저 녀석이 아주머니를 더 무서워할 걸요?" 소녀가 말했다.

여자는 곰곰이 생각하더니 다시 한 번 사자를 홀끗 쳐다본 후 말을 이어 나갔다. "흠, 그렇다면 들어오렴. 저녁과 잠자리를 마련해 줄게."

그들이 집에 들어가 보니 집 안에는 아이 둘과 남자 하나가 있었다. 남자는 다리를 다쳐 집 한쪽 구석에 있는 의자에 누워 있었다. 가족들은 이 별난 여행객들을 보고 깜짝 놀란 눈치였다. 아주머니가 저녁을 차리는 동안 아저씨가 물었다.

"어디로 가는 길이니?"

도로시가 대답했다. "위대한 오즈를 만나기 위해 에메랄드 시로 가고 있어요."

"아, 그렇군! 그런데 오즈가 너희를 만나줄까?"

"왜 안 만나주겠어요?"

"오즈는 그 누구도 절대 직접 만나지 않거든. 나도 에메랄드 시에 여러 번 가봤어. 아름답고 멋진 곳이지. 하지만 오즈는 단 한 번도 만나본 적이 없고, 또 지금까지 오즈를 만났다는 사람을 들어본 적도 없어."

허수아비가 물었다. "오즈는 전혀 밖에 나오지도 않나요?"

"응, 절대로 나오지 않아. 오즈는 날마다 궁궐 안 접견실에만 앉아있지. 오즈의 신하들조차도 그를 직접 볼 수는 없어."

소녀가 물었다. "오즈는 어떻게 생겼어요?"

아저씨는 곰곰이 생각에 잠기더니 대답했다.

"글쎄, 말하기 어렵네. 오즈는 위대한 마법사이기 때문에 무엇으로든 변할 수 있단다. 그래서 어떤 사람들은 오즈가 새처럼 생겼다고 말하고, 또 어떤 사람들은 코끼리 같다고 하지. 오즈가 고양이를 닮았다고 하는 사람들도 있어. 어떤 사람들에게는 아름다운 여신이나 요정의 모습으로 나타나기도 해. 오즈는 자기가 원하는 어떤 모습으로도 둔갑할 수 있어. 하지만 오즈의 진짜 모습을 본 사람은 아무도 없단다.

도로시가 대답했다. "정말 이상하군요. 하지만 우리는 어떻게든 오즈를 만나야 해요. 그렇지 않으면 우리의 여행은 헛수고가 될 거예요."

아저씨가 물었다. "왜 그 무서운 오즈를 만나려고 하니?"

허수아비가 간절한 목소리로 대답했다. "저는 오즈한테 두뇌를 달라고 부탁할 거예요."

아저씨가 대답했다. "그건 오즈에게 식은 죽 먹기일 거야. 오즈는 자기한테 필요한 것보다 훨씬 더 많은 두뇌를 가지고 있거든."

양철 나무꾼이 말했다. "저는 심장을 달라고 할 거예요."

"그것도 오즈에게는 어려운 일이 아니지. 오즈는 온갖 크기와 모양의 심장들을 모아 놓고 있으니까." 남자가 이어 말했다.

겁쟁이 사자가 말했다. "저는 용기를 달라고 할 거예요."

"오즈는 궁궐에 용기가 들어있는 커다란 단지를 갖고 있단다. 오즈는 용기가 흘러나오지 못하도록 그 단지를 황금 뚜껑으로 덮어 놓았대. 아마 기꺼이 너에게 용기를 줄 거다."

이번에는 도로시가 말했다. "저는 캔자스로 돌려 보내달라고 부탁할 거예요."

남자가 놀란 얼굴로 물었다. "캔자스는 어디 있니?"

도로시는 슬픈 목소리로 대답했다. "저도 몰라요. 하지만 캔자스는 제 고향이고, 분명히 이 세상 어딘가에 있을 거예요."

"그렇고말고. 오즈는 무엇이든지 다 할 수 있단다. 그러니 캔자스도 찾을 수 있을 거야. 하지만 먼저 오즈를 만날 수 있어야 할 텐데 그게 쉬운 일은 아닐 거야. 오즈는 그 누구도 만나주지 않고, 또 늘 자기만의 방식을 고집하거든." 아저씨는 토토에도 물었다. "너는 오즈에게 무엇을 원하는 거니?" 하지만 토토는 꼬리만 흔들 뿐이었다. 이상하게 들릴 수도 있지만, 토토는 말을 하지 못하기 때문이다.

그때 아주머니가 저녁이 준비되었다고 소리쳤다. 그래서 모두 식탁에 둘러앉았다. 도로시는 귀리 죽과 달걀, 흰 빵을 맛있게 먹었다. 사자는 귀리 죽을 조금 먹긴 했지만, 귀리는 사자가 아닌 말이 먹는 음식이라며 이맛살을 찌푸렸다. 허수아비와 양철 나무꾼은 조금도 먹지 않았다. 토토는 조금씩 모든 음식을 맛보았고, 맛있는 저녁을 다시 먹게 된 것에 마냥 기뻐했다.

밤이 깊자 아주머니는 도로시에게 잠자리를 마련해 주었고, 토토는 도로시 옆에 누웠다. 사자는 도로시가 자는 데 누구에게도 방해받지 않도록 문을 지켰다. 허수아비와 양철 나무꾼은 당연히 잠을 잘 수는 없었지만, 방구석에 밤새도록 조용히 서 있었다.

이튿날 아침이 밝아 오자마자 그들은 다시 여행길에 올랐다. 얼마 가지 않아 하늘에서 아름다운 초록빛이 보였다.

도로시가 말했다. "저기가 분명 에메랄드 시일 거야."

가까이 다가갈수록 초록빛은 점점 더 밝아졌고, 마침내 긴 여정에 마침표를 찍을 때가 가까워지고 있는 것 같았다. 하지만 도로시 일행은 오후가 되어서야 겨우 에메랄드 시를 에워싸고 있는 성벽에 이르렀다. 높고 두꺼운 성벽은 밝은 초록빛을 띠고 있었다.

노란 벽돌길이 끝나는 곳에서 에메랄드가 촘촘히 박혀있는 커다란 성문이 그들 앞에 나타났다. 에메랄드가 햇살을 받으며 찬란하게 빛나서 허수아비의 색칠한 눈조차 부실 지경이었다.

성문 옆에는 초인종이 있었다. 도로시가 초인종을 누르자 안에서 쨍그랑쨍그랑 소리가 들려왔다. 그런 다음 성문이 천천히 열렸고, 그들은 안으로 들어갔다. 아치형의 높은 천장이 있는 방이 나타났고, 벽은 수많은 에메랄드로 덮여 반짝반짝 빛나고 있었다.

그들 앞에는 먼치킨만큼 키가 작은 한 남자가 서 있었다. 머리부터 발끝까지 초록색으로 차려입었고, 피부조차 초록빛을 띠고 있었다. 이 남자 옆에는 커다란 초록색 상자가 놓여있었다.

도로시 일행을 본 남자가 물었다. "에메랄드 시에는 무슨 일로 왔지?"

도로시가 대답했다. "위대한 오즈님을 만나러 왔어요."

대답을 들은 남자는 깜짝 놀라면서 의자에 앉더니 곰곰이 생각에 잠겼다.

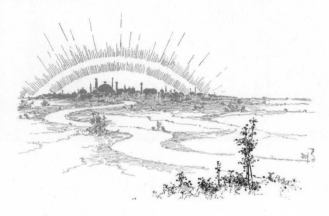

이윽고 남자는 당혹스러운 듯 고개를 내저으며 말했다. "오즈님을 만나러 왔다는 사람은 정말 오랜만에 만나는군. 오즈님은 강력하고 무서운 마법사란다. 어리석거나 쓸데없는 용건으로 위대한 마법사님을 귀찮게 한다면 오즈님은 화가 나서 순식간에 너희를 없애버리실지도 몰라."

허수아비가 응답했다. "우리는 어리석거나 쓸데없는 용건으로 온 게 아니에요. 정말 중요한 일로 찾아왔다고요. 그리고 오즈님은 좋은 마법사라고 들었어요."

초록색 남자가 말했다. "그렇고말고. 그리고 오즈님은 에메랄드 시를 현명하게 잘 다스리고 계시지. 하지만 정직하지 못하거나 호기심으로 접근하는 사람에게는 아주 무서운 마법사란다. 그리고 지금까지 감히 오즈님을 만나게 해 달라고 한 사람은 거의 없었어. 나는 에메랄드 시의 문지기이고, 너희가 위대한 오즈님을 뵙게 해 달라고 부탁하니 오즈님의 궁궐로 데려가는 수밖에. 하지만 너희는 먼저 안경을 써야 해.

도로시가 물었다. "왜 그렇지요?"

"안경을 쓰지 않으면 에메랄드 시의 찬란한 광채에 눈이 멀고 말 거니까. 이곳에 사는 사람들조차 밤낮으로 안경을 써야 한단다. 안경은 모두 자물쇠로 잠긴 상자 안에 보관되어 있어. 에메랄드 시가 처음 지어졌을 때 오즈님이 그렇게 명령하셨지. 그리고 열쇠를 가진 사람은 나밖에 없단다."

문지기는 커다란 상자를 열었다. 도로시는 그 안에 온갖 크기와 모양의 안경이 가득 들어있는 것을 보았다. 안경알은 모두 초록빛이었다. 문지기는 도로시에게 꼭 맞는 안경을 골라 씌워 주었다. 안경 양 끝쪽에는 금색 줄이 있었다. 문지기는 이 줄을 도로시 머리 뒤쪽에서 모은 다음, 자신의 목걸이에 달린 열쇠로 자물쇠를 채웠다. 그러자 이제는 안경을 벗고 싶어도 벗을 수가 없었다. 하지만 도로시는 에메랄드 시의 광채에 눈이 멀고 싶지 않았기 때문에 아무 말도 하지 않았다.

곧이어 문지기는 허수아비와 양철 나무꾼, 사자, 작은 토토까지도 꼭 맞는 안경을 찾아 씌워 준 뒤 모두 자물쇠로 재빨리 채웠다.

그러고 나서 자신도 안경을 쓰고서는 궁궐로 안내할 준비가 되었다고 말했다. 문지기는 벽에 걸린 커다란 황금 열쇠로 또 다른 문을 열었고, 그들은 모두 문지기를 따라 에메랄드 시 안으로 걸어 들어갔다.

Chapter XI.
The Wonderful Emerald City of OZ.

Even

오즈의 멋진 에메랄드 시

도로시와 친구들은 눈을 보호하기 위해 초록색 안경을 썼는데도 에메랄드 시에 처음 들어갔을 때는 찬란한 광채 때문에 눈이 멀 지경이었다. 거리에는 초록색 대리석으로 지어진 아름다운 집들이 즐비하게 늘어서 있었다. 집집마다 온통 에메랄드가 박혀있어 반짝반짝 빛났다. 그들은 초록색 대리석으로 포장된 길 위를 걸었다. 대리석과 대리석이 맞닿은 부분에 촘촘히 박힌 에메랄드는 햇빛을 받아 눈부시게 빛나고 있었다. 유리창도 초록색이고 심지어 하늘도 햇살도 모두 초록색이었다.

거리는 많은 사람으로 북적거렸다. 남자와 여자, 어린이들 모두 초록색 옷을 입고 피부도 모두 초록색이었다. 사람들은 도로시와 별난 일행을 놀란 눈으로 쳐다보았다. 아이들은 사자를 보고는 모두 겁에 질려 도망쳐 엄마 뒤로 숨었다. 아무도 그들에게 말을 걸어오지 않았다. 거리에는 가게도 많았다.

도로시에게는 가게에 있는 물건들이 온통 초록색으로 보였다. 초록색 신발과 초록색 모자, 초록색 옷뿐만 아니라 초록색 사탕과 초록색 팝콘까지 진열되어 있었다. 어떤 가게에서는 초록색 레모네이드를 팔고 있었다. 도로시는 아이들이 초록색 동전을 내고 레모네이드를 사는 것을 보았다.

이곳에는 말은커녕 어떤 종류의 동물도 보이지 않았다. 사람들은 작은 초록색 수레에 물건을 싣고 앞으로 밀고 다녔다. 모두 행복하고 만족스럽고 풍요로워 보였다.

문지기는 도로시 일행을 도시 한복판에 있는 커다란 건물로 안내했다. 바로 위대한 오즈 마법사가 사는 궁궐이었다. 출입문 앞에는 초록색 제복을 입고 초록색 수염을 기른 병사가 서 있었다.

문지기가 병사에게 말했다. "낯선 손님들을 데리고 왔습니다. 오즈 마법사님을 만나고 싶다고 합니다."

병사가 대답했다. "안으로 들어 오렴. 오즈님께 말씀을 전해 드리도록 하마."

도로시 일행은 궁궐 출입문을 지나 커다란 방으로 안내를 받았다. 방 안에는 초록색 양탄자가 깔렸있고, 에메랄드로 장식된 아름다운 초록색 가구가 놓여있었다. 병사는 그들이 방으로 들어가기 전에 초록색 깔개 위에서 신발을 털게 했다. 모두 자리에 앉자 병사가 정중하게 말했다.

"접견실에 가서 오즈님께 손님들이 찾아왔다고 말씀드리고 올 테니, 그때까지 여기서 편안히 기다리렴."

그들은 한참이나 기다려야 했다. 마침내 병사가 돌아오자, 도로시가 물었다.

"오즈님을 만났나요?"

병사가 대답했다. "아니, 나는 한 번도 오즈님을 뵌 적이 없어. 오즈님께서 장막 뒤에 앉아 계신 채로 이야기를 나눴지. 너희 얘기를 전달해 드리니 만나겠다고 하시더구나. 하지만 한 사람씩 각자 오즈님을 뵐 수 있어. 또 오즈님은 하루에

한 사람만 만나신단다. 그러니 너희는 이 궁궐 안에서 며칠 동안 머물러야 할 거야. 여기까지 오느라 힘들었을 텐데 편히 쉴 수 있는 방으로 안내해 주마."

소녀가 대답했다. "고맙습니다. 오즈님은 정말 친절한 분이시군요."

병사가 초록색 호루라기를 불자, 곧바로 예쁜 초록색 비단 옷을 입은 한 소녀가 방으로 들어왔다. 아름다운 초록색 머리와 초록색 눈을 가진 소녀는 도로시에게 공손하게 절을 하며 말했다.

"저를 따라오세요. 방으로 안내해 드릴게요."

도로시는 친구들 모두에게 인사를 한 뒤, 토토를 품에 안고 소녀를 따라갔다. 일곱 개의 복도를 지나고 계단을 세 번 올라간 후, 마침내 궁궐 앞쪽에 있는 방에 도착했다. 도로시는

이제껏 이렇게 예쁘고 아늑한 방을 본 적이 없었다. 푹신하고 편안한 침대에는 초록색 비단으로 만든 요가 깔렸있고, 그 위에는 초록색 우단으로 만든 이불이 놓여있었다. 방 한가운데에는 조그마한 분수가 있었다. 초록색 향수가 공중으로 뿜어져 나와 아름답게 조각된 초록색 대리석 수반 위로 떨어지고 있었다. 창가에는 아름다운 초록색 꽃들이 놓여있고, 책꽂이에는 작은 초록색 책들이 가지런히 꽂혀 있었다. 도로시가 책을 꺼내어 펼쳐보니 온통 별난 초록색 그림들로 가득 차 있었다. 우스꽝스러운 그림들을 보며 도로시는 웃음을 터뜨렸다.

옷장에는 비단과 공단, 우단으로 만든 초록색 드레스가 빼곡히 걸려 있었다. 모두 도로시에게 꼭 맞았다.

초록 소녀가 말했다. "여기서 편히 쉬세요. 필요한 게 있으시면 종을 울려 주시고요. 오즈님께서 내일 아침에 사람을 보내서 아가씨를 부르실 거예요."

도로시 방에서 나온 소녀는 도로시의 친구들에게 돌아가서 각자 다른 방으로 안내했다. 도로시 친구들은 저마다 궁궐 안의 편안한 방에서 묵게 되었다. 물론 허수아비에게는 이런 대접이 아무 쓸모도 없었다. 허수아비는 방 안에 혼자 남겨지자, 문간에 우두커니 서서 이튿날 아침이 오기를 기다렸다. 누워서 쉴 필요도 없고 눈을 감을 수도 없었기 때문이다. 그래서 그는 이 세상에서 가장 멋진 이 방은 안중에도 없다는 듯이 한구석에서 거미줄을 치고 있는 작은 거미 한 마리를 밤새도록 바라보았다. 양철 나무꾼은 살을 가진 인간이었을 때를 기억하여 습관적으로 침대 위에 누웠다. 하지만 잠을 잘 수는 없기 때문에, 이음매가 부드럽게 잘 움직이도록 계속 위아래로 움직이며 밤을 지새웠다. 사자에게는 숲 속에서 낙엽을 베개 삼아 자는 편이 훨씬 좋았을 것이다. 방에 갇혀 있는 것도 마음에 들지 않았다. 하지만 사자는 이런 것에 마음을 쓸 만큼 어리석은 동물은 아니기 때문에 침대 위로 올라가 고양이처럼 몸을 웅크리고 곧 씩씩 소리를 내며 잠이 들었다.

이튿날 아침, 도로시가 아침 식사를 마치자 초록색 소녀가 도로시를 데리러 왔다. 도로시는 초록색 공단으로 만든 예쁜 드레스를 입고 있었다. 도로시는 초록색 앞치마를 두르고 토토 목에는 초록색 리본을 묶은 다음, 위대한 오즈 마법사의 접견실을 향해 출발했다.

먼저 도착한 방에는 화려한 옷을 차려입은 신사 숙녀들이 많이 모여 있었다. 이 사람들이 하는 일이라고는 접견실 밖에서 서로서로 이야기를 나누는 것뿐이었다. 그 누구에게도 오즈를 만나는 것이 허락되지 않지만, 그들은 매일 아침 이곳에 와서 기다렸다. 사람들은 도로시가 접견실 안으로 들어가는 것을 호기심 어린 눈으로 쳐다봤다. 그중 한 명이 속삭이듯 물었다.

"아가씨는 정말로 그 무서운 오즈님을 만나러 가는 건가요?

"그럼요, 오즈님께서 저를 만나주시기만 한다면요."

그러자 오즈에게 도로시 일행에 관해 이야기를 전달한 병사가 말했다.

"오즈님은 사람들이 찾아오는 것을 좋아하지는 않으시지만, 그래도 아가씨는 만나겠다고 하셨어요. 실은 오즈님께 아가씨에 대해서 말씀드렸을 때 처음에는 화를 내면서 돌려보내라고 하셨어요. 그리고 나서는 아가씨가 어떻게 생겼는지 물어보셨지요. 아가씨가 신고 있는 은색 구두에 관해서 이야기하니 관심을 보이기 시작하셨어요. 그다음 아가씨 이마에 있는 자국에 대해서 말씀드리자 오즈님께서는 마침내 마음을 바꿔 아가씨를 만나야겠다고 하셨지요.

그 순간 종이 울렸고, 초록 소녀는 도로시에게 말했다. "저게 신호예요. 이제 접견실로 들어가면 돼요."

소녀는 작은 문을 열어 주었고 도로시는 씩씩하게 들어갔다. 접견실은 아주 아름다웠다. 크고 둥그런 방은 높다란 아치형 지붕으로 덮여 있고 벽과 천장과 바닥에는 에메랄드가 촘촘하게 박혀있었다. 지붕 한가운데에는 해만큼이나 밝게 빛나는 등이 켜져 있고 그 빛을 받아 에메랄드는 찬란하게 반짝거리고 있었다.

하지만 무엇보다 도로시의 눈길을 끈 것은 방 한가운데 놓여있는 커다란 초록색 대리석 왕좌였다. 왕좌에도 역시 보석이 박혀있어 찬란하게 빛났다. 왕좌에는 거대한 머리가 덩그러니 놓여 있었는데 이 머리를 지탱하는 몸통이나 팔다리는 보이지 않았다. 머리카락도 한 올 없고 그저 눈과 코와 입만 있을 뿐이었다. 이 머리는 세상에서 가장 거대한 거인의 머리보다 더 컸다.

도로시는 놀라움 반 두려움 반으로 이 머리를 뚫어져라 쳐다보자, 이 머리에 달린 눈이 천천히 움직이더니 도로시를 날카롭게 바라보았다. 이번에는 입이 움직이더니 곧 목소리가 들려왔다.

"나는 위대하고 무서운 마법사 오즈다. 너는 누구냐? 또 무슨 일로 나를 찾아왔느냐?"

큰 머리에서 나오리라고 생각했던 것만큼 무시무시한 목소리는 아니었기 때문에 도로시는 용기를 내어 대답했다.

"저는 작고 착한 소녀 도로시입니다. 마법사님의 도움이 필요해서 왔습니다."

눈은 다시 한 번 도로시를 지긋이 바라보았다. 이윽고 목소리가 다시 들려왔다.

"그 은색 구두는 어디서 났느냐?"

"동쪽 나라 못된 마녀의 것이에요. 우리 집이 그 마녀 위로 떨어져서 마녀가 죽고 말았지요."

"이마에 있는 자국은 어떻게 생긴 것이냐?" 목소리가 이어 말했다.

"북쪽 나라의 착한 마녀가 저를 오즈님께 보내면서 작별 인사로 입맞춤해 준 것이에요."

날카로운 눈은 다시 한 번 도로시를 응시했고 도로시가 진실을 말하고 있다는 것을 알았다. 그러자 다시 질문이 들려왔다.

"나한테 원하는 것이 무엇이냐?"

도로시는 간절히 말했다. "저를 제발 캔자스로 돌려보내 주세요. 엠 아주머니랑 헨리 아저씨가 있는 곳으로요. 마법사님의 나라는 무척 아름다운 곳이지만 저는 고향으로 돌아가고 싶어요. 또 엠 아주머님께서는 제가 사라진 지 오래되어 몹시 걱정하고 계실 거예요."

오즈의 눈이 세 번 깜빡거리더니, 천장을 올려다보다가 바닥을 내려다보았다. 그러더니 마치 방 전체를 둘러보는 것처럼 괴상하게 빙글빙글 돌기 시작했다. 마침내 눈이 다시 도로시를 바라보았다.

오즈가 물었다. "내가 왜 너의 부탁을 들어주어야 하느냐?"

"오즈님은 강하시지만 저는 약하니까요. 오즈님은 위대한 마법사이시지만 저는 연약한 소녀일 뿐이니까요." 소녀가 대답했다.

"하지만 너는 동쪽 나라의 못된 마녀를 죽일 만큼 강하지 않느냐?" 오즈가 말했다.

"그건 우연이었어요. 저도 어쩔 수 없었다고요." 도로시가 간단히 답했다.

머리가 말했다. "이게 내 대답이다. 나는 너를 캔자스로 보내줄 의무가 없다. 그것에 대한 보답으로 네가 무언가를 한다면 모를까. 이 나라에서는 누구나 무언가를 얻으려면 그에 대해 마땅한 대가를 치러야 한다. 내 마법의 힘으로 너를 집에 보내주기를 바란다면, 네가 먼저 나를 위해 무언가를 해야 한다. 네가 나를 도와주면 나도 너를 도와주겠다."

소녀가 물었다. "제가 무엇을 해야 하지요?"

오즈가 대답했다. "서쪽 나라의 못된 마녀를 죽이고 와라."

도로시는 깜짝 놀라서 외쳤다. "그럴 수는 없어요!"

"너는 이미 동쪽 나라의 마녀를 죽이지 않았느냐? 또 네가 신고 있는 은색 구두는 마법의 힘을 가지고 있어. 이제 이 땅에 남아있는 못된 마녀는 오직 한 명이지. 네가 나에게 와서 그 마녀가 죽었다고 말하면 나도 너를 캔자스로 돌려보내 주마. 하지만 그전까지는 네 부탁을 들어줄 수 없다."

작은 소녀는 너무 실망한 나머지 흐느껴 울기 시작했다. 두 눈이 끔벅하더니 도로시를 걱정스러운 듯 쳐다보았다. 위대한 오즈 마법사는 도로시가 마음만 먹는다면 그를 도울 수 있다고 생각하는 것 같았다.

도로시는 울면서 말했다. "저는 지금까지 아무것도 일부러 죽여본 적이 없어요. 그리고 제가 아무리 원한다 한들 어떻게 못된 마녀를 죽일 수 있겠어요? 위대하고 무서운 마법사인 오즈님도 그 마녀를 죽일 수 없는데, 제가 어떻게 마녀를 죽일 수 있겠어요?"

머리가 대답했다. "나도 모르겠구나. 하지만 이게 내 대답이다. 너는 그 못된 마녀가 죽기 전에는 네 삼촌과 숙모를 다시 보지 못할 거다. 그 못된 마녀는 고약해—아주 고약하다는 것을 기억해라. 그래서 반드시 죽여야 해. 이제 가거라. 네 임무를 마칠 때까지 다시는 나를 찾아오지 마라."

도로시는 슬픔에 잠긴 채 접견실을 떠나 친구들이 있는 곳으로 돌아왔다. 사자와 허수아비와 양철 나무꾼은 오즈가 도로시에게 무슨 말을 했는지 궁금해하며 기다리고 있었다. 도로시는 슬픈 목소리로 말했다.

"나에게는 희망이 없어. 오즈는 내가 서쪽 나라의 못된 마녀를 죽이기 전까지는 나를 집으로 보내주지 않을 거야. 하지만 그건 내가 절대 할 수 없는 일이야."

친구들은 도로시를 가엾게 여겼지만 도와줄 방법이 없었다. 그래서 도로시는 풀이 죽은 채 방으로 돌아가 침대 위로 풀썩 쓰러져서 울다 지쳐 잠이 들었다.

이튿날 아침, 초록색 수염을 기른 병사가 허수아비를 찾아왔다.

"나를 따라오렴. 오즈님께서 너를 데리고 오라고 하셨어."

허수아비는 병사를 따라갔다. 접견실 안으로 들어가니 에메랄드 왕좌에 아름다운 여인이 앉아있었다. 물결치는 초록색 머리카락 위에는 보석으로 장식된 왕관이 놓여있었다. 어깨

위로는 화려한 색깔의 날개가 돋아 있었다. 날개는 몹시 가벼워서 고요한 바람의 숨결에도 흔들렸다.

허수아비가 밀짚으로 채워진 몸뚱이로 최대한 멋지게 인사하자, 이 아름다운 여인은 다정한 눈으로 허수아비를 내려다보며 말했다.

"나는 위대하고 무서운 마법사 오즈다. 너는 누구냐? 또 무슨 일로 나를 찾아왔느냐?"

허수아비는 도로시가 말한 거대한 머리를 만나게 될 것으로 생각했기 때문에 여인을 보고 깜짝 놀랐다. 하지만 그녀에게 용기를 내어 대답했다.

"저는 밀짚으로 채워진 허수아비입니다. 그래서 두뇌가 없지요. 저는 오즈님께 제 머리에 밀짚 대신 두뇌를 넣어달라고 부탁하려고 왔습니다. 그럼 저는 오즈님의 백성들과 같은 인간이 될 수 있을 거예요."

여인이 물었다. "내가 왜 너의 부탁을 들어주어야 하지?"

"오즈님은 현명하고 강

하시니까요. 마법사님 외에는 그 누구도 저를 도와줄 수 없어요." 허수아비가 대답했다.

오즈가 말했다. "보답이 없다면 나는 그 어떤 부탁도 들어주지 않아. 하지만 이것만은 분명히 약속하지. 네가 나를 위해 서쪽 나라의 못된 마녀를 죽여 준다면 너에게 훌륭한 두뇌를 많이 주도록 하마. 그처럼 좋은 두뇌들을 갖게 되면 너는 이 나라에서 가장 현명한 사람이 될 거야."

허수아비는 놀라며 물었다. "저는 오즈님께서 도로시에게 마녀를 죽이라고 부탁하신 줄 알았어요."

"맞아. 나는 누가 그 마녀를 죽이든 상관없어. 하지만 마녀가 죽기 전에 네 소원을 들어주지 않을 것이다. 이제 가거라. 네가 그토록 바라는 두뇌를 얻을 자격이 생길 때까지 나를 다시 찾아오지 마라."

허수아비는 풀이 죽은 채로 친구들에게 돌아가 오즈가 자신에게 한 말을 전해 주었다. 도로시는 오즈가 자신이 본 머리가 아니라 아름다운 여인이라는 사실을 알고 놀랐다.

허수아비가 말했다. "그 여자는 양철 나무꾼처럼 심장이 필요해."

이튿날 아침, 초록색 수염을 기른 병사가 양철 나무꾼에게 와서 말했다.

"오즈님께서 너를 데리고 오라고 하셨어. 나를 따라오렴."

병사를 따라간 양철 나무꾼은 접견실에 이르렀다. 나무꾼은 자신이 만날 오즈가 머리일지 아름다운 여인일지 알 수 없었지만, 아름다운 여인이기를 바랐다. 나무꾼은 혼잣말로 중얼거렸다. "만약 오즈가 머리라면 심장이 없을 테니 나를 불쌍히 여기지 않을 거야. 그럼 나는 심장을 얻을 수 없겠지. 하지만 오즈가 아름다운 여인이라면 나는 심장을 달라고 간청할 거야. 여인들은 모두 마음씨가 친절하다고 하니까."

하지만 양철 나무꾼이 접견실에 들어가서 본 것은 머리도 여자도 아닌 세상에서 가장 무서운 짐승이었다. 몸집이 코끼리만 해서 초록색 왕좌가 그 무게를 겨우 버티고 있는 것처럼 보였다. 코뿔소처럼 생긴 머리에는 다섯 개의 눈이 달려있었다. 몸통에는 다섯 개의 팔과 길고 가느다란 다섯 개의 다리가 뻗어 나와 있었다. 온몸은 두껍고 복슬복슬한 털로 뒤덮여 있고 모든 상상을 초월할 만큼 끔찍하게 생긴 괴물이었다. 이 순간만큼 양철 나무꾼에게 심장이 없는 것이 다행스러운 일이었다. 심장이 있다면 양철 나무꾼은 겁에 질렸을 것이고, 그러면 심장이 요란하게 쿵쾅쿵쾅 뛰었을 것이기 때문이다. 하지만 나무꾼은 양철에 불과하기 때문에 전혀 두려움을 느끼지 않고 오히려 크게 실망했다.

이 짐승이 우렁찬 목소리로 으르렁대며 말했다. "나는 위대하고 무서운 마법사 오즈다. 너는 누구냐? 또 무슨 일로 나를 찾아왔느냐?"

"저는 양철로 만들어진 나무꾼입니다. 따라서 심장이 없고 사랑을 할 수 없습니다. 저는 다른 사람들과 똑같아질 수 있도록 당신께 심장을 달라고 부탁하려고 왔습니다.

"내가 왜 너의 부탁을 들어주어야 하느냐?" 짐승이 요구했다.

"오즈님만이 나의 소원을 들어주실 수 있기 때문입니다." 나무꾼이 말했다.

오즈는 낮은 소리로 으르렁대더니 차갑게 대답했다.

"네가 진정으로 심장을 원한다면, 마땅한 대가를 치러야 한다."

"제가 어떻게 해야 하나요?" 나무꾼이 물었다.

"도로시를 도와 서쪽 나라의 못된 마녀를 죽이도록 해라. 마녀를 죽이고 나서 나에게 돌아오면, 오즈의 나라에서 가장 크고 친절하고 사랑이 가득한 심장을 주도록 하마." 짐승이 대답했다.

그래서 양철 나무꾼 역시 풀이 죽은 채로 친구들에게 돌아
와 자신이 본 무서운 짐승에 관해서 이야기해 주었다. 친구들
은 모두 오즈가 여러 가지 모습으로 둔갑할 수 있다는 사실에
감탄했다. 사자가 말했다.

"내가 짐승의 모습을 한 오즈를 만나면 있는 힘을 다해 으
르렁거릴 거야. 그럼 오즈는 겁에 질려 내가 무엇을 부탁하든
지 들어 주겠지. 오즈가 아름다운 여인이라면 나는 그녀에게
달려드는 척해서 내 명령에 따르도록 할 거야. 오즈가 거대한
머리로 나타나도 내 마음대로 할 수 있을 거야. 우리가 원하는
것을 주겠다고 약속할 때까지 내가 그 머리를 이리저리 굴릴
테니까. 그러니 친구들, 나에게 행운을 빌어줘. 모든 게 다 잘
될 거야."

이튿날 아침, 초록색 수염을 기른 병사가 사자를 접견실로
데리고 가 오즈를 만나도록 했다.

사자는 단숨에 문을 통과해 안으로 들어가 두리번거리다
가, 왕좌 앞에 불덩어리가 있는 것을 보고 흠칫 놀랐다. 불덩
어리는 강렬하게 활활 타오르고 있어서 사자는 제대로 쳐다볼
수조차 없었다. 처음에 사자는 사고로 오즈 몸에 불이 붙어서
타고 있다고 생각했다. 하지만 사자가 불덩어리에 가까이 다
가가자 그 열기가 너무 뜨거워서 사자의 수염이 그슬리고 말
았다. 사자는 벌벌 떨면서 기어 돌아왔다.

그러자 불덩어리에서 낮고 조용한 목소리가 들려왔다.

"나는 위대하고 무서운 마법사 오즈다. 너는 누구냐? 또 무슨 일로 나를 찾아왔느냐?"

사자가 대답했다. "저는 모든 것을 두려워하는 겁쟁이 사자입니다. 오즈님께 용기를 달라고 부탁 드리려고 왔습니다. 용기가 있으면 저는 사람들이 말하는 대로 진짜 동물의 왕이 될 수 있을 겁니다."

오즈가 물었다. "왜 내가 너에게 용기를 주어야 하느냐?"

"오즈님께서 모든 마법사 중에서 가장 위대하시고, 또 제 부탁을 들어줄 수 있는 유일한 마법사이시기 때문입니다." 사자가 대답했다.

불덩어리가 잠시 활활 타오르더니, 다시 목소리가 들려왔다.

"못된 마녀가 죽었다는 증거를 나에게 가져오면, 그때 네게 용기를 주도록 하겠다. 하지만 못된 마녀가 살아있는 한 너는 겁쟁이인 채로 지내야 한다."

사자는 이 말에 화가 났지만 아무런 대꾸도 하지 못하고 그저 조용히 서서 불덩어리를 응시할 따름이었다. 하지만 이 불덩어리는 무시무시하게 뜨거워지기 시작하자, 결국 사자는 꽁무니를 빼고 방에서 재빨리 빠져나왔다. 기쁘게도 밖에는 친구들이 기다리고 있었다. 사자는 친구들에게 오즈와의 끔찍한 만남에 관해 이야기해 주었다.

도로시가 슬픈 목소리로 물었다. "이제 우리는 어떻게 해야 하지?"

사자가 대답했다. "우리가 할 수 있는 일은 단 한 가지야. 윙키들이 사는 나라로 가서 못된 마녀를 찾아내 죽이는 거야."

소녀가 말했다. "하지만 우리가 그 마녀를 죽이지 못한다면?"

사자가 단언했다. "그러면 나는 영영 용기를 얻을 수 없겠지."

허수아비가 덧붙였다. "그리고 나는 영영 두뇌를 얻을 수 없을 거야."

양철 나무꾼이 말했다. "그리고 나는 영영 심장을 얻을 수 없겠지."

도로시는 울음을 터뜨리며 말했다. "그리고 나는 영영 엠 아주머니와 헨리 아저씨를 만나지 못할 거야."

초록 소녀가 외쳤다. "조심하세요! 눈물이 초록색 비단옷에 떨어지면 얼룩이 질 거예요."

그래서 도로시가 눈물을 닦으며 말했다.

"우리 같이 시도라도 해 보자. 하지만 엠 아주머니를 다시 볼 수 있다고 하더라도 나는 그 누구도 죽이고 싶지 않아."

사자가 대답했다. "나도 함께 가겠어. 하지만 나는 마녀를 죽이기에는 겁이 너무 많아."

허수아비가 단언했다. "나도 같이 갈게. 하지만 난 두뇌가 없는 바보라 별 도움이 되지는 못할 거야."

양철 나무꾼이 한마디를 했다. "나는 심장이 없으니 마녀조차 해칠 마음이 없어. 하지만 너희가 간다면 나도 같이 가겠어."

그렇게 해서 도로시와 친구들은 이튿날 아침에 다시 여행을 시작하기로 했다. 나무꾼은 초록색 숫돌에 도끼를 갈았고 모든 이음새를 정성스레 기름칠했다. 허수아비는 신선한 밀짚으로 속을 다시 채웠고, 도로시는 허수아비가 더 잘 볼 수 있도록 눈을 다시 그려 주었다. 도로시 일행에게 무척 친절한 초록색 소녀는 도로시의 바구니에 맛있는 음식을 가득 채워 주고 토토에게는 앙증맞은 종이 달린 초록색 리본을 목에 매 주었다.

그들은 일찍 잠자리에 들어 밤새 곤히 잤다. 이튿날 아침 궁궐 뒷마당에 사는 초록색 수탉의 꼬끼오 소리와 초록색 알을 낳은 암탉의 꼬꼬댁 소리에 잠에서 깼다.

Chapter XII.
The Search for the
Wicked Witch

The

제12장

못된 마녀를 찾아서

그들은 초록색 수염을 기른 병사의 안내를 받아, 에메랄드 시 거리를 통과해 문지기가 사는 방에 도착했다. 문지기는 초록 색 안경의 자물쇠를 풀어 커다란 상자에 안경들을 다시 담은 다음, 우리의 친구들을 위해 공손하게 문을 열어 주었다.

도로시가 물었다. "서쪽 나라의 못된 마녀에게 가려면 어느 길로 가야 하나요?"

문지기가 대답했다. "그런 길은 없단다. 아무도 그쪽으로 가고 싶어 하지 않으니까 말이다."

도로시가 되물었다. "그럼 우리는 어떻게 그 마녀를 찾을 수 있을까요?"

남자가 말했다. "그건 어렵지 않아. 너희가 윙키의 나라에 들어왔다는 걸 그 마녀가 알게 되면 너희를 당장 찾아내서 자기의 노예로 삼아버릴 테니까."

허수아비가 말했다. "아마 그럴 수는 없을 거예요. 우리는 그 마녀를 죽일 작정이거든요."

문지기가 대답했다. "흠, 그렇다면 얘기가 다르지. 지금까지 아무도 그 못된 마녀를 죽이지 못했기 때문에 난 당연히 그 마녀가 너희를 노예로 삼아버릴 거로 생각했던 거야. 지금까지 그래 왔던 것처럼 말이다. 하지만 조심하렴. 그 마녀는 무척 사악하고 잔인하거든. 아마도 너희가 자기를 순순히 죽이도록 놔두지 않을 거야. 해가 지는 쪽을 향해 계속 걸어가면 그 마녀를 찾을 수 있을 게다."

도로시 일행은 문지기에게 고맙다는 말과 함께 작별 인사를 했다. 그러고는 데이지꽃과 미나리아재비꽃이 여기저기 수놓아진 부드러운 풀밭을 가로질러 서쪽을 향해 걸었다. 도로시는 궁궐에서 입던 예쁜 비단옷을 아직도 입고 있었다. 하지만 놀랍게도 옷은 초록색이 아니라 이제는 새하얗게 변해있었다. 토토 목에 있는 리본도 초록빛을 잃고 도로시의 옷만큼이나 새하얗게 변해있었다.

어느새 에메랄드 시는 아득히 멀어졌다. 서쪽 나라에는 밭도 집도 없기 때문에, 서쪽을 향해 걸어가면 갈수록 땅은 더 거칠고 울퉁불퉁하고 황무지처럼 황량했다.

오후가 되자 햇볕에 그들의 얼굴이 몹시 따가워졌다. 하지만 나무 한 그루도 없기 때문에 쉴 수 있는 나무그늘은 없었다. 그래서 밤이 되기도 전에 도로시와 토토와 사자는 녹초가 되어 풀밭 위에서 잠이 들고 그동안 나무꾼과 허수아비는 서서 망을 보았다.

서쪽 나라의 못된 마녀는 애꾸눈이었다. 하지만 그 눈으로 망원경만큼이나 멀리 볼 수 있어서 어디든지 살펴볼 수 있었다.

마녀는 자신의 성문 앞에 앉아 여기저기를 둘러보다가 잠든 도로시와 그 주위에 있는 친구들을 발견했다. 마녀의 성에서 멀리 떨어진 곳이지만 마녀는 자신의 나라에 낯선 이들이 들어온 것을 보고 화가 났다. 그래서 마녀는 곧장 목에 걸고 있는 은으로 된 호루라기를 불었다.

당장 커다란 늑대들이 사방에서 떼를 지어 마녀를 향해 바로 달려왔다. 기다란 다리와 사나운 눈과 날카로운 이빨을 가진 늑대들이었다.

마녀가 명령했다. "당장 달려가서 저놈들을 갈기갈기 찢어 버려라."

늑대 떼의 대장이 물었다. "저들을 당신의 노예로 삼지 않으실 겁니까?"

그녀가 대답했다. "한 놈도 쓸모가 없구나. 한 놈은 양철이고 다른 한 놈은 밀짚이야. 어린 계집애도 있고 남은 한 놈은 사자야. 그러니까 저 녀석들을 갈기갈기 찢어 버리고 오너라."

"분부대로 하겠습니다." 대답과 함께 우두머리 늑대는 폭풍처럼 질주하였다. 나머지 늑대들도 그 뒤를 따랐다.

다행히도 허수아비와 양철 나무꾼은 깨어 있기 때문에 늑대 떼가 달려오는 소리를 들었다.

양철 나무꾼이 말했다. "이 싸움은 나한테 맡겨. 넌 내 뒤에 숨어있으면 돼. 늑대들이 오면 내가 해치울 테니까."

나무꾼은 미리 날카롭게 갈아놓은 도끼를 움켜잡고 있다가, 우두머리 늑대가 다가오자 도끼를 번쩍 들어 올려 머리를 내리찍었다. 머리가 몸에서 댕강 잘려나가면서 우두머리 늑대는 그 자리에서 죽었다. 양철 나무꾼이 다시 도끼를 들어 올리

자마자 또 다른 늑대가 달려들었고, 나무꾼은 또다시 도끼로 늑대를 내리쳤다. 늑대는 모두 마흔 마리였다. 양철 나무꾼은 모두 마흔 번 늑대를 죽였다. 마침내 양철 나무꾼 앞에는 죽은 늑대들이 수북이 쌓였다.

양철 나무꾼은 도끼를 내려놓고 허수아비 옆에 앉았다. 허수아비가 말했다.

"솜씨가 대단하군, 친구."

양철 나무꾼과 허수아비는 도로시가 아침에 일어날 때까지 곁에서 기다렸다. 도로시는 눈을 뜨자마자 털이 덥수룩한 늑대들이 산더미처럼 쌓여 있는 것을 보고 겁에 질렸다. 하지만 양철 나무꾼이 자초지종을 설명했다. 도로시는 목숨을 구해주어서 고맙다고 말한 다음 풀밭에 앉아서 아침 식사를 했다. 그 후 그들의 여정은 다시 시작되었다.

같은 날 아침, 못된 마녀는 망원경처럼 멀리 볼 수 있는 애꾸눈으로 성문에 와서 밖을 내다보고 있었다. 마녀는 늑대들이 모두 죽은 채로 누워있고 낯선 놈들이 여전히 자기 땅에서 어슬렁거리고 있는 것을 발견했다. 화가 더욱 치밀어 오른 마녀는 은색 호루라기를 두 번 불었다.

그러자 곧 수많은 까마귀가 하늘을 깜깜하게 덮으며 나타나더니 마녀를 향해 날아왔다. 못된 마녀는 까마귀들의 왕에게 명령했다.

"저 낯선 놈들에게 당장 날아가서 눈을 쪼아 먹고 온몸을 갈기갈기 찢어 버려라."

까마귀들은 떼를 지어 도로시와 친구들을 향해 날아갔다. 작은 소녀는 까마귀 떼가 몰려오는 것을 보고 겁에 질렸다. 그러나 허수아비가 말했다.

"이 싸움은 나한테 맡겨. 내 옆에 잠자코 엎드려 있으면 절대 다치지 않을 거야."

그래서 허수아비를 제외하고 나머지 친구들은 모두 땅에 납작 엎드렸다. 허수아비는 일어서서 양팔을 활짝 벌렸다. 까마귀들은 항상 허수아비를 보면 겁을 먹기 마련이라, 이번에도 허수아비를 보고는 겁에 질려 이제는 감히 가까이 오지 못했다. 그러나 까마귀들의 왕이 말했다.

"저건 그냥 밀짚으로 채워진 허수아비일 뿐이야. 내가 저녀석의 눈을 쪼아 먹어 버리지."

까마귀들의 왕은 허수아비를 향해 돌진했고, 허수아비는 까마귀의 머리를 휙 낚아채 목을 비틀어 죽여 버렸다. 또 다른 까마귀가 허수아비를 향해 덤벼들었고, 허수아비는 다시 한 번 까마귀의 목을 비틀었다. 까마귀는 모두 마흔 마리였다. 허수아비는 모두 마흔 번 까마귀의 목을 비틀었다. 마침내 허수아비 옆에 죽은 까마귀들이 수북이 쌓였다. 허수아비는 친구들에게 이제 일어나도 된다고 말했다. 그들은 또다시 길을 떠났다.

못된 마녀는 다시 밖을 내다보다가 까마
귀들이 모두 죽어 산더미처럼 쌓여 있는 것
을 보고는 화가 머리끝까지 치밀어 올랐다.
그러더니 이번에는 은색 호루라기를 세 번
불었다.

순식간에 공중에서 윙윙대는 소리가 요
란하게 나더니, 검은 벌떼가 마녀를 향해 날
아왔다.

"가서 저놈들을 독침으로 쏘아 죽여 버
려라!" 마녀의 명령이 떨어지자마자 벌떼는
도로시 일행이 걷고 있는 곳으로 쏜살같이
날아갔다. 다행히 양철 나무꾼이 벌떼가 날
아오는 것을 보았고, 허수아비는 어떻게 해

야 할지 재빨리 결정했다.

허수아비는 양철 나무꾼에게 말했다. "내 몸에 있는 밀짚을 꺼내서 소녀와 강아지와 사자에게 덮어줘. 그러면 벌들이 쏘지 못할 거야." 도로시가 토토를 품에 안고 사자 곁에 눕자, 나무꾼은 허수아비가 시킨 대로 밀짚을 꺼내 그들의 몸 전체를 덮어 주었다.

벌떼가 날아와서 보니 양철 나무꾼 말고는 아무도 보이지 않았다. 그래서 벌들은 나무꾼에게 달려들어 양철에 독침을 쏘았지만, 나무꾼은 전혀 다치지 않았다. 벌은 독침이 부러지면 살 수 없으므로, 이것이 검은 벌떼의 최후였다. 양철 나무꾼 주변에는 죽은 벌들이 석탄 더미처럼 수북이 쌓였다.

그러고 나서 도로시와 사자는 일어났다. 도로시는 양철 나무꾼이 허수아비 몸에 밀짚을 다시 넣는 것을 도와주었다. 허수아비는 다시 예전 모습으로 돌아왔다. 그래서 그들은 여정을 다시 시작하였다.

못된 마녀는 벌떼가 모두 죽어서 석탄 더미처럼 쌓여 있는

것을 보고 너무 화가 나서 쾅쾅 발을 구르고 북북 머리를 쥐어 뜯으며 부드득 부드득 이를 갈았다. 마녀는 다시 수십 명의 노예를 불렀다. 이 노예들은 윙키들이었다. 마녀는 윙키들에게 날카로운 창을 주면서 저 낯선 놈들을 모두 없애 버리라고 명령했다.

윙키들은 용감한 사람들이 아니지만 마녀의 명령을 따를 수밖에 없었다. 윙키들은 성을 떠나 도로시가 있는 곳으로 행진했다. 도로시 일행이 있는 곳에 가까워지자 이번에는 사자가 으르렁거리며 윙키들에게 덤벼들었다. 가엾은 윙키들은 겁에 질려서 부리나케 도망갔다.

윙키들이 성으로 돌아오자, 못된 마녀는 윙키들을 매섭게

채찍질하고 일터로 돌려보냈다. 마녀는 혼자 앉아서 이제 어떻게 해야 할지 궁리했다. 지금까지 낯선 놈들을 없애려는 계획이 왜 모조리 실패했는지 도무지 이해할 수가 없었다. 하지만 이 마녀는 사악할 뿐만 아니라 강력한 힘을 가지고 있었다. 곧바로 마녀는 무엇을 할지 결정했다.

마녀의 찬장에는 황금 모자가 있었다. 원형의 다이아몬드가 박혀있고 테두리에는 루비가 촘촘히 둘리어 있었다. 이 황금 모자는 마법의 힘을 가지고 있었다. 이 모자의 주인은 날개 달린 원숭이를 세 번 불러내 무엇이든 명령할 수 있었다. 하지만 모자의 주인이 누구이든지 간에 원숭이들의 도움을 받는 것은 오직 세 번만 가능했다. 못된 마녀는 이 모자의 마법을 이미 두 번 사용했다. 첫 번째는 윙키들을 자신의 노예로 삼고 그들의 나라를 다스리는 데 사용했다. 날개 달린 원숭이들은 마녀의 명령에 따라 이 일을 도와주었다. 두 번째는 마녀가 오즈 마법사와 싸워서 그를 서쪽 나라에서 쫓아낼 때 사용했다. 이때도 날개 달린 원숭이들은 마녀를 도와주었다. 이제 황금 모자를 사용할 기회는 오직 한 번 남아있기 때문에, 마녀는 자신이 가진 다른 힘을 모두 사용하기 전에는 이 모자의 힘을 빌리고 싶지 않았다. 하지만 자기가 부리던 험악한 늑대 떼도, 사나운 까마귀 떼도, 독침을 가진 벌떼도 모두 죽어 버렸고 자

기의 노예들은 겁쟁이 사자를 보고 겁에 질려 모두 도망쳐 돌아왔기 때문에, 이제 도로시 일행을 없앨 방법은 단 한 가지밖에 없었다.

못된 마녀는 찬장에서 황금 모자를 꺼내어 머리에 썼다. 그러고는 왼발로 서서 천천히 주문을 외우기 시작했다.

"에페, 페페, 카케!"

다음에는 오른발로 서서 말했다.

"힐로, 홀로, 헬로!"

다음에는 두 발로 서서 큰소리로 외쳤다.

"지지, 주지, 지크!"

그러자 드디어 마법이 시작되었다. 하늘이 깜깜해지더니 낮게 우르릉거리는 소리가 공중에서 들렸다. 날개들이 퍼덕이는 소리, 왁자지껄 떠드는 소리, 깔깔대는 소리가 들려왔다. 깜깜한 하늘에서 해가 얼굴을 드러내자 원숭이 떼에 둘러싸인 마녀의 모습이 보였다. 원숭이들의 어깨에는 커다랗고 튼튼한 날개 한 쌍이 돋아 있었다.

그중에서도 가장 덩치가 커서 우두머리로 보이는 녀석이 마녀에게 날아와서 말했다.

"우리를 세 번째이자 마지막으로 부르셨네요. 이번에는 무슨 명령을 내리시겠습니까?"

마녀가 말했다. "내 땅에서 함부로 돌아다니는 저 낯선 놈들에게로 가서 사자를 빼고 모두 죽여 버리거라. 사자는 내 앞에 데리고 와라. 저놈은 말처럼 길들여서 일을 시킬 작정이다."

우두머리 원숭이가 대답했다. "분부대로 하겠습니다." 날개 달린 원숭이들은 떠들썩한 소리를 내며 도로시와 친구들이 걷고 있는 곳으로 날아갔다.

한 무리의 원숭이들은 양철 나무꾼을 붙잡아서 뾰족한 바위들이 빽빽하게 덮인 땅으로 데리고 가더니, 가엾은 나무꾼을 아래로 던져 버렸다. 까마득히 아래 있는 바위 위로 떨어진 나무꾼은 온몸이 납작하게 찌그러져서 움직이기는커녕 끙끙댈 수조차 없었다.

또 다른 원숭이 무리는 허수아비를 붙잡아서 기다란 손가락을 이용해 허수아비 몸속에 있는 밀짚을 마구 빼냈다. 그런 다음 허수아비의 모자와 장화와 옷을 둘둘 말아서 키 높은 나

무 꼭대기 위에 던져 놓았다.

나머지 원숭이들은 튼튼한 밧줄을 던져서 사자의 몸통과 머리와 다리를 꽁꽁 묶었다. 사자는 이제는 원숭이들을 물거나 할퀼 수 없었고 바동거릴 수조차 없었다. 원숭이들은 사자를 번쩍 들어 올려서 마녀의 성으로 끌고 가 작은 마당에 던져 버렸다. 마당에는 높은 쇠 울타리가 둘러쳐 있어서 빠져나갈 구멍이 없었다.

그러나 도로시를 원숭이들은 털끝 하나 건드리지 않았다. 도로시는 토토를 품에 안고 얼어붙은 채로 서서, 친구들이 잡혀가는 것을 슬프게 바라보며 이제 자기의 차례가 올 거로 생각하고 있었다. 험상궂은 얼굴의 우두머리 원숭이는 도로시에게 날아오더니 히죽거리면서 길고 텁수룩한 팔을 뻗었다. 그러나 도로시 이마에 있는 착한 마녀의 입맞춤 자국을 보고는 바로 멈춰 섰다. 다른 원숭이들에게도 도로시를 건드리지 말라는 몸짓을 했다.

우두머리 원숭이가 다른 원숭이들에게 말했다. "이 작은 소녀는 우리가 감히 건드릴 수 없어. 선한 힘이 이 소녀를 보호하고 있거든. 선한 힘은 악한 힘보다 더 강하다. 우리가 할 수 있는 일은 이 소녀를 못된 마녀의 성으로 데려가는 것뿐이야."

그렇게 원숭이들은 조심스럽게 도로시를 품에 안고 재빨리 하늘을 날아서 마녀의 성에 도착했다. 성 입구의 계단 위에 도

로시를 내려놓은 다음, 우두머리 원숭이가 마녀에게 말했다.

"분부대로 모두 했습니다. 양철 나무꾼과 허수아비는 해치웠고, 사자는 당신의 마당에 가둬 놓았습니다. 하지만 이 소녀와 소녀가 안고 있는 강아지는 감히 건드릴 수가 없었습니다. 이제 당신은 우리에게 명령을 내릴 수 없습니다. 당신은 이제 두 번 다시 우리를 보지 못할 겁니다."

그런 다음 날개 달린 원숭이들은 깔깔 웃으며 와자지껄 떠들면서 공중으로 날아오르더니 순식간에 사라져 버렸다.

못된 마녀는 도로시 이마에 있는 입맞춤 자국을 보고 놀라기도 하고 걱정도 되었다. 날개 달린 원숭이는 자기도 이 소녀를 감히 건드릴 수 없다는 것을 잘 알고 있었기 때문이다. 도로시의 발을 내려다본 마녀는 이번에는 은색 구두를 발견하고서 두려움에 벌벌 떨었다. 은색 구두가 지닌 강력한 마법의 힘을 잘 알고 있었기 때문이다. 처음에 마녀는 얼른 달아나고 싶은 마음이 굴뚝같았다. 하지만 도로시의 눈을 들여다보고는 도로시가 얼마나 어수룩한 꼬맹이인지 알아차렸다. 또한, 도로시가 은색 구두의 마법을 사용할 줄 모른다는 것도 눈치챘다. 마녀는 속으로 웃으며 생각했다. '저 계집애는 자기가 가진 힘을 사용할 줄 모르니 쉽게 노예로 삼을 수 있겠군.' 곧 마녀는 엄한 목소리로 말했다.

"나를 따라오더라. 너는 이제부터 내 명령에 복종해야 한다. 그렇지 않으면 양철 나무꾼과 허수아비처럼 너도 끝장인 줄 알아."

도로시는 마녀의 뒤를 조용히 따라갔다. 마녀의 성에 있는 아름다운 방들을 지나 부엌에 이르렀다. 마녀는 도로시에게 냄비와 주전자를 씻고 바닥을 쓸고 벽난로의 장작불을 피우라고 명령했다.

도로시는 열심히 일하기로 마음을 먹고 순순히 마녀의 명령에 따랐다. 못된 마녀가 자기를 죽이지 않기로 한 것만도 천만다행이라고 여겼다.

마녀는 열심히 일하는 도로시를 보면서 이제는 마당에 가서 겁쟁이 사자에 마구를 채워야겠다고 생각했다. 사자에게 자신의 마차를 끌게 할 생각에 절로 미소가 새어 나왔다. 그러나 마녀가 마당 문을 연 순간, 사자는 사납게 으르렁거리며 마녀에게 맹렬히 달려들었다. 겁에 질린 마녀는 이내 꽁무니를 빼고 달아나 마당 문을 걸어 잠갔다.

마녀는 문에 대고 사자에게 소리쳤다. "내 말을 고분고분 따르지 않으면 너를 굶겨 죽일 수도 있어. 내 명령을 따를 때까지 아무것도 먹이지 않을 테다."

그 이후로 마녀는 마당에 갇힌 사자에게 음식을 전혀 주지 않았다. 마녀는 매일 정오에 마당에 와서 사자에게 물었다. "어때, 이제 말처럼 마구를 찰 준비가 되었느냐?"

사자가 대답하였다.

"천만에. 이 마당에 들어와 보시지. 당장 물어뜯어 버릴 테
니까!"

사실은 매일 밤 마녀가 잠들었을 때 도로시가 몰래 사자에
게 음식을 가져다주었기 때문에, 사자는 마녀의 명령에 복종
할 필요가 없었다. 사자가 음식을 다 먹고 나서 볏짚 위에 배
를 깔고 누우면, 도로시는 사자의 부드럽고 푹신한 갈기를 베
고 눕곤 했다. 도로시와 사자는 자신들의 신세를 한탄하며 어
떻게 하면 마녀의 성에서 탈출할 수 있을지 궁리했다. 하지만
노란 윙키들이 밤낮으로 성을 지키고 있기 때문에 성을 빠져
나갈 뾰족한 수가 떠오르지 않았다. 못된 마녀의 노예가 된 윙
키들은 마녀를 몹시 두려워하기 때문에 절대로 명령을 거역하
는 일이 없었다

도로시는 온종일 쉴새 없이
일해야 했다. 마녀는 도로시가
일을 제대로 하지 않으면 자신이
항상 들고 다니는 낡은 우산으로
때리겠다고 걸핏하면 윽박질렀
다. 하지만 사실은 도로시의 이
마에 있는 자국 때문에 감히 도
로시를 때릴 엄두도 내지 못했

다. 도로시는 이런 사정도 모르고 마녀가 자신과 토토를 해칠까 봐 겁이 났다. 한번은 마녀가 우산으로 토토를 때렸다. 그러자 이 용감한 강아지는 마녀에게 달려들어 한쪽 다리를 물어 버렸다. 하지만 물린 다리에서는 피 한 방울 나지 않았다. 마녀는 워낙 사악해서 이미 오래전에 몸속의 피가 다 말라 버렸기 때문이다.

캔자스로 돌아가 엠 아주머니를 다시 만나는 일이 그 어느 때보다도 어렵다는 것을 깨닫자 도로시의 생활은 더욱 비참해졌다. 가끔은 슬픔에 겨워 몇 시간이고 엉엉 울기도 했다. 그럴 때마다 토토는 도로시의 발치에 앉아서 도로시 얼굴을 바라보며 가엾은 주인을 위로하듯이 낑낑거렸다. 사실 토토는 도로시가 곁에 있기만 하면 캔자스에서 살든 오즈의 나라에서 살든 상관없었다. 하지만 도로시는 이곳에서 행복하지 않다는 사실을 알기 때문에 토토 역시 행복하지 않았다.

이제 못된 마녀에게는 욕심이 하나 생겼다. 도로시가 항상 신고 있는 은색 구두를 빼앗는 것이었다. 마녀가 부리던 벌떼와 까마귀 떼, 늑대 떼는 모두 이제 죽은 채로 수북이 쌓여 있고, 황금 모자의 힘도 모두 써서 사라져 버렸다. 하지만 마녀가 은색 구두만 손에 넣는다면 지금까지 잃어버린 모든 힘을 다 합친 것보다도 더 강력한 힘을 가질 수 있을 터였다. 마녀는 은색 구두를 훔칠 기회를 호시탐탐 노리며 도로시가 언제 은색 구두를 벗는지 유심히 살펴보았다. 그러나 도로시는 은색 구두를 몹시 자랑스러워 했기 때문에 밤에 잘 때와 목욕할 때 말고는 절대 은색 구두를 벗지 않았다. 마녀는 어둠을 몹시 무서워했기 때문에 밤에 도로시의 방에 몰래 가서 구두를 훔칠 엄두를 내지 못했다. 하지만 마녀는 어둠보다 물을 더 무서워했다. 그래서 도로시가 목욕하고 있을 때 가까이 다가가지도 못했다. 사실 이 늙은 마녀는 지금까지 단 한 번도 물을 만져본 적도 없었고, 물이 몸에 닿지 않도록 늘 조심했다.

그러나 이 교활한 마녀는 마침내 자신이 원하는 것을 손에 넣을 수 있는 꾀를 꾸며냈다. 부엌 마룻바닥 한복판에 쇠막대기를 놓은 다음 마법을 부려 이 막대기가 사람의 눈에는 보이지 않도록 만들었다. 도로시는 부엌을 가로질러 걷다가 쇠막대기를 보지 못하고 걸려 넘어지면서 바닥에 나동그라졌다. 많이 다치지 않았지만, 은색 구두 한 짝이 벗겨졌다. 도로시가 미처 신발을 줍기도 전에 마녀가 재빨리 신발을 낚아채어 한쪽 발에 신어 버렸다.

못된 마녀는 자신의 꾀가 성공한 것에 몹시 기뻐했다. 은색 구두 한 짝을 가지고 있는 한, 마녀는 구두가 가진 힘의 절반을 사용할 수 있고 또 도로시가 은색 구두의 힘을 사용할 줄 안다고 해도 마녀에 대적해서 마법을 부릴 수는 없었기 때문이다.

자신이 아끼던 예쁜 구두를 빼앗기게 되자 도로시는 화가 나 마녀에게 소리쳤다.

"내 구두를 돌려주세요!"

"싫다, 이제 한 짝은 내 거야." 마녀가 반박했다.

"이런 못된 마녀 같으니라고! 도대체 무슨 권리로 내 구두를 빼앗는 거예요!" 도로시가 외쳤다.

마녀는 코웃음을 치며 말했다. "네가 뭐라고 하든 이 구두는 이제 내 거야. 언젠가는 나머지 한 짝도 빼앗고 말 테다."

이 말에 도로시는 화가 머리끝까지 치밀어 올라, 옆에 있던 물통을 번쩍 들어 마녀의 머리 위로 물을 쏟아부었다.

못된 마녀는 겁에 질려 울부짖었다. 도로시가 놀라서 쳐다보는 동안 마녀는 서서히 쪼그라지면서 사라지기 시작했다.

마녀가 소리쳤다. "네가 나에게 한 짓을 똑똑히 봐! 나는 이제 곧 녹아서 없어질 거다."

도로시는 마녀가 자신의 눈앞에서 설탕처럼 녹아버리는 것을 보고 겁에 질려 말했다. "정말 미안해요."

마녀는 절망적인 목소리로 울부짖었다. "내 몸에 물이 닿으면 끝장이라는 걸 몰랐니?"

도로시가 대답했다. "당연히 몰랐지요. 제가 어떻게 알았겠어요?"

"나는 이제 곧 완전히 녹아서 사라져 버릴 거야. 그럼 이 성은 네 것이 되겠지. 내가 평생을 사악하게 살았지만, 너 같

은 꼬맹이가 나를 녹여 버려서 내 못된 짓을 끝내 버릴 줄은
꿈에도 몰랐다. 아, 나는 이제 사라진다!"

　이 말과 함께 마녀의 몸이 녹아내리더니 흐물흐물한 덩어
리가 되어 쓰러져 깨끗한 부엌 마루에 퍼지기 시작했다. 마녀
가 완전히 녹아버리자, 도로시는 물통에 물을 더 받아서 그 위
에 붓고 문밖으로 쓸어 내 버렸다. 이 못된 마녀가 남긴 것이
라고는 은색 구두 한 짝뿐이었다. 도로시는 은색 구두를 집어
들어서 깨끗이 씻고는 마른 헝겊으로 닦은 다음 다시 신었다.
마침내 마녀의 손아귀에서 벗어난 도로시는 곧장 사자에게 달
려가서, 서쪽 나라 마녀가 죽었으니 이제 이제는 이 낯선 땅에
서 노예로 지낼 필요가 없다고 말했다.

Chapter XIII.
The Rescue

구출

겁쟁이 사자는 못된 마녀가 물에 녹아 버렸다는 소식을 듣고
는 몹시 기뻐했다. 도로시는 재빨리 사자가 갇혀 있는 감옥문
의 자물쇠를 열어 사자를 풀어 주었다. 도로시와 사자는 함께
성안으로 들어가자마자 윙키들을 모두 불러모은 다음 이제는
노예로 지낼 필요가 없다고 얘기해 주었다.

오랜 시간 동안 못된 마녀 밑에서 혹독한 노예 생활을 했
던 윙키들은 이 기쁜 소식을 듣고 크게 환호했다. 윙키들은 이
날을 기념일로 정하고 매년 축제를 열어 마음껏 먹고 마시고
춤을 추며 보냈다.

사자가 말했다. "허수아비와 양철 나무꾼이 우리와 함께
있다면 정말 행복할 텐데 말이야."

도로시가 걱정스럽게 물었다. "우리가 허수아비와 나무꾼
을 구할 수는 없을까?"

"그래, 한번 해 보자." 사자가 대답했다.

곧 도로시와 사자는 노란 윙키들을 불러 친구들을 구출하는 데 도움을 줄 수 있느냐고 물었다. 윙키들은 자신들을 못된 마녀의 속박에서 벗어나게 해 준 도로시를 위해서는 무엇이든지 하겠다고 대답했다. 그래서 도로시는 가장 영리해 보이는 윙키들을 뽑아서 함께 출발했다. 하루 하고도 반나절을 꼬박 걸어서 마침내 양철 나무꾼이 쓰러져있는 바위투성이의 땅에 도착했다. 나무꾼의 몸은 여기저기 부딪혀 심하게 찌그러져 있었다. 도끼는 나무꾼 옆에 놓여 있었지만, 날은 녹슬고 자루는 부러져 뭉뚝해져 있었다.

윙키들은 양철 나무꾼을 조심조심 안아 들고 다시 노란 성으로 데려갔다. 성으로 가는 동안, 도로시는 친구의 처참한 모습에 눈물을 흘렸고 사자 역시 나무꾼을 가엾이 여기며 훌쩍거렸다. 성에 도착한 다음 도로시가 윙키들에게 물었다.

"여러분 중에 양철공이 있나요?"

"그럼요. 아주 훌륭한 양철공들이 몇 명 있답니다." 그들이 말했다.

"그럼 그분들을 데려와 주세요." 곧 양철공들은 바구니에 연장을 가득 담아 나타났고, 도로시는 그들에게 부탁했다.

"양철 나무꾼 몸의 찌그러진 곳은 판판하게 하고, 구부러진 몸통은 똑바로 펴고, 부러진 곳은 땜질할 수 있나요?"

양철공들은 나무꾼의 몸을 꼼꼼하게 살펴본 후, 예전 모습

과 같이 고쳐놓을 수 있다고 자신 있게 대답했다. 양철공들은 성안의 커다란 노란 방에서 바로 일을 시작했다. 꼬박 나흘 동안 밤낮없이 양철 나무꾼의 다리와 몸통과 머리를 망치질하고 비틀고 구부리고 땜질하고 윤을 내고 두드려댔다. 마침내 양철 나무꾼은 원래의 모습을 되찾았고 이음매도 예전처럼 부드럽게 움직였다. 물론 몇 군데 땜질한 자국이 남아 있었지만, 양철공들의 솜씨가 훌륭했기 때문에 그렇게 흉하지 않았다. 나무꾼은 허영심이 없기 때문에 땜질한 자국에 전혀 신경 쓰지 않았다.

마침내 양철 나무꾼은 도로시의 방으로 들어가 자기를 구해주어서 고맙다고 말했다. 나무꾼은 감정에 복받치어 기쁨의 눈물을 흘렸다. 도로시는 나무꾼의 이음매가 녹슬지 않도록 앞치마로 눈물을 세심하게 닦아 주어야 했다. 도로시 역시 오랜 친구를 다시 만난 기쁨에 눈물을 뚝뚝 흘렸지만, 그 눈물을 닦아낼 필요는 없었다. 사자도 꼬리 끝으로 계속 눈물을 닦아서 꼬리가 흠뻑 젖어 버렸다. 사자는 결국 마당에 나가서 꼬리가 마를 때까지 햇볕을 쬐어야 했다.

도로시는 양철 나무꾼에게 그동안 있었던 일들에 관해서 이야기해 주었다. 양철 나무꾼은 이야기를 다 듣고 난 후 말했다. "허수아비가 우리와 함께 있다면 정말 행복할 텐데 말이야."

소녀가 말했다. "우리 함께 허수아비를 찾아보자."

그래서 도로시는 다시 한 번 윙키들을 불러서 도움을 청했다. 도로시 일행과 윙키들은 하루 하고도 반나절을 꼬박 걸어서 마침내 날개 달린 원숭이들이 허수아비의 옷가지를 던져놓은 키 높은 나무에 도착했다.

나무는 키가 무척 높고 줄기는 몹시 미끄러워서 아무도 기어오를 수가 없었다. 하지만 나무꾼이 주저 없이 말했다.

"내가 나무를 베어 버리면 허수아비의 옷을 되찾을 수 있을 거야."

양철공들이 나무꾼을 고치는 동안, 금을 세공하는 윙키들이 순금으로 도낏자루를 만들어 낡고 부러진 자루 대신 알맞게 끼워 놓았다. 또 다른 윙키들은 녹이 모두 없어질 때까지 도끼날을 갈아서, 나무꾼의 도끼는 윤을 낸 은처럼 반짝반짝 빛났다.

양철 나무꾼은 말을 마치자마자 도끼로 나무를 베기 시작했다. 순식간에 커다란 나무는 요란한 소리를 내며 쓰러지고, 허수아비의 옷은 나무 꼭대기에서 땅으로 굴러떨어졌다.

도로시는 그 옷을 주워 윙키들에게 건네주고 성으로 가져가게 했다. 성에 도착하자 윙키들은 깨끗하고 좋은 밀짚을 옷속에 채워 넣었다. 그러자 허수아비가 예전 모습 그대로 서 있는 것이 아닌가! 허수아비는 모두에게 자기를 구해주어서 고맙다고 연거푸 인사를 했다.

이제 오랜만에 다시 만난 도로시와 친구들은 노란 성에서 행복한 며칠을 보냈다. 성안에는 모든 것이 갖추어져 있어 편안한 시간을 보낼 수 있었다.

그러던 어느 날 소녀가 엠 아주머니 생각이 나서 친구들에게 말했다. "이제 우리는 오즈한테 돌아가서 약속을 지키라고 말해야 해."

나무꾼이 말했다. "맞아. 나는 드디어 심장을 얻게 될 거야."

허수아비도 기뻐하며 덧붙였다. "나는 두뇌를 얻게 될 거야."

사자는 조심스럽게 말했다. "나는 용기를 얻게 될 거야."

도로시는 손뼉을 치면서 외쳤다. "나는 캔자스로 돌아가게 될 거야. 내일 에메랄드 시로 떠나자!"

이렇게 결정을 내린 그들은 이튿날 윙키들을 모두 불러서 작별 인사를 했다. 윙키들은 그들이 떠나는 것을 못내 아쉬워했다. 특히 윙키들은 양철 나무꾼을 무척 좋아하여 머물러서 자신들과 서쪽 나라의 노란 땅을 다스려달라고 애원했다. 하지만 그들이 떠나기로 굳게 결심했음을 깨닫고 토토와 사자에게는 금목걸이를 하나씩 주고, 도로시에게는 다이아몬드가 촘촘히 박힌 아름다운 팔찌를 선물로 주었다. 허수아비에게는 걸을 때 넘어지지 않도록 금 손잡이가 달린 지팡이를 주었다. 양철 나무꾼에게는 금으로 상감하고 값진 보석이 박혀있는 은으로 된 기름통을 선물로 주었다.

여행객들 각자는 돌아가면서 윙키들에게 답례 인사를 하고 팔이 아플 때까지 윙키들과 악수하였다.

도로시는 여행하는 동안 먹을 음식을 바구니에 담기 위해 마녀가 쓰던 찬장으로 갔다가 황금 모자를 발견했다. 머리에 써 보니 도로시에게 꼭 맞았다. 도로시는 황금 모자가 가진 마법의 힘에 대해서는 전혀 알지 못했지만, 모자가 예뻐서 쓰고 다니기로 마음을 먹었다. 그래서 원래 쓰고 있던 챙이 넓은 모자는 바구니에 넣었다.

다시 여행을 떠날 채비를 마치자 도로시 일행은 에메랄드 시를 향해 출발했다. 윙키들은 세 번 만세를 부르고 행운을 빌어 주었다.

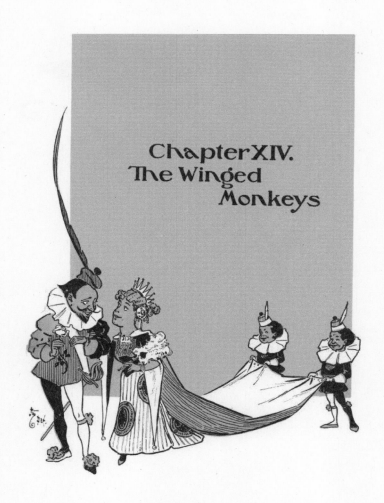

Chapter XIV.
The Winged Monkeys

날개 달린 원숭이

여러분도 기억하겠지만, 못된 마녀의 성과 에메랄드 시 사이에는 길이—심지어 오솔길조차—없었다. 네 명의 여행객들이 마녀를 찾으러 서쪽 나라에 들어왔을 때 마녀가 그들을 발견하고 날개 달린 원숭이들을 시켜 성으로 데리고 왔다. 미나리아재비꽃과 데이지꽃이 펼쳐진 넓은 들판을 지나 에메랄드 시로 돌아가는 길을 찾는 일은 날개 달린 원숭이들에게 끌려가는 것보다 훨씬 더 어려웠다. 물론 그들은 해가 뜨는 곳을 향해 계속 동쪽으로 걸어야 한다는 것을 알았다. 그래서 아침에는 제대로 방향을 잡을 수 있었다. 그러나 정오가 되어 해가 중천에 떠오르자 그들은 어디가 동쪽이고 어디가 서쪽인지 분간할 수 없었다. 그래서 결국 드넓은 들판에서 길을 잃고 말았다. 하지만 그들은 한시도 걸음을 멈추지 않았다. 밤이 되자 달이 떠올라 들판을 환히 비추었다. 도로시와 친구들은 달콤한 향기가 나는 자홍색 꽃밭에 누워 아침까지 곤히 잤다. 물론 허수아비와 양철 나무꾼은 자지 않았다.

이튿날 아침 해는 구름 뒤로 모습을 감추고 있었다. 하지만 그들은 어느 쪽으로 가야 할지 확실히 알고 있는 것처럼 자신 있게 발걸음을 내디뎠다.

도로시가 말했다. "계속 걷다 보면 언젠가는 어딘가에 도착할 거야."

그러나 하루가 지나고 또 하루가 지나도 도로시 일행 앞에 펼쳐진 것이라고는 자홍색 꽃밭뿐이었다. 허수아비는 투덜대기 시작했다.

"우리는 길을 잃은 게 분명해. 빨리 길을 찾아서 제때에 에메랄드 시에 도착하지 못하면, 나는 영영 두뇌를 얻지 못할 거야."

양철 나무꾼이 단언했다. "나는 심장을 얻지 못하겠지. 나는 오즈한테 도착할 때까지 기다릴 수 없을 것 같아. 이게 정말 긴 여행이라는 것은 인정하자고."

겁쟁이 사자가 훌쩍이며 말했다. "나는 이렇게 영원히 길을 헤매면서 다닐 용기는 없어."

그러자 도로시는 맥이 빠져서 풀밭에 털썩 주저앉아 동료들을 바라보았다. 그들도 함께 주저앉아 도로시를 바라보았다. 토토는 난생처음으로 자기 머리 옆을 휙휙 날아가는 나비를 쫓아가지도 못할 만큼 지쳐 있었다. 토토는 혀를 쭉 내밀고

헐떡거리며 도로시를 바라보았다. 이제 어떻게 해야 하는지 묻는 것 같았다.

도로시가 제안했다. "들쥐들을 부르면 어떨까? 들쥐들은 에메랄드 시로 가는 길이 어디인지 알려줄 수 있을지도 몰라."

허수아비가 외쳤다. "들쥐들은 당연히 알겠지! 왜 진작 그 생각을 못 했을까?"

도로시는 들쥐의 여왕한테 선물로 받은 후부터 줄곧 목에 걸고 다니던 작은 호루라기를 불었다. 곧 작은 발로 타닥타닥 달려오는 소리가 들리더니, 수많은 작은 회색 들쥐들이 도로시 앞에 나타났다. 그 가운데 여왕 들쥐가 찍찍거리는 작은 목소리로 물었다.

"내 친구들을 위해 무엇을 도와 드릴까요?"

도로시가 대답했다. "우리는 길을 잃었어. 에메랄드 시가 어디 있는지 말해줄 수 있니?"

여왕 들쥐가 대답했다. "그럼요. 하지만 여기에서 무척 멀리 떨어져 있어요. 여러분은 지금까지 줄곧 에메랄드 시를 등지고 반대 방향으로 걸어왔기 때문이에요." 이윽고 여왕 들쥐는 도로시가 쓰고 있는 황금 모자를 알아보고 말했다. "그 모자가 가진 마법의 힘을 이용해서 날개 달린 원숭이들을 부르지 그래요? 그 원숭이들은 여러분을 한 시간 이내에 오즈의 도시로 데려다줄 수 있을 거예요."

도로시는 깜짝 놀라 물었다. "이 모자가 마법의 힘을 가지고 있는 줄은 전혀 몰랐어. 그런데 주문은 뭐야?"

여왕 들쥐가 대답했다. "그건 모자 안쪽에 적혀있어요. 하지만 날개 달린 원숭이들을 부를 거라면, 우리는 그들이 도착하기 전에 도망가야 해요. 그 원숭이들은 몹시 짓궂어서 우리를 괴롭히는 걸 좋아하거든요."

그러자 도로시가 걱정스럽다는 듯이 물었다. "날개 달린 원숭이들이 나를 해치지는 않을까?"

"그건 걱정하지 않아도 돼요. 날개 달린 원숭이들이 모자를 쓴 자에게는 복종해야 하니까요. 그럼 저희는 이만 물러나지요." 여왕 들쥐는 잽싸게 사라졌고, 다른 들쥐들은 여왕의 뒤를 부리나케 쫓아갔다.

도로시가 황금 모자 안쪽을 들여다보니 무언가가 적혀있는 것이 보였다. 이게 바로 여왕 들쥐가 말한 주문임이 분명했다. 도로시는 적혀있는 지시를 꼼꼼히 읽은 다음, 머리에 모자를 썼다.

도로시는 왼발로 서서 주문을 외우기 시작했다. "에페, 페페, 카케!"

허수아비는 무슨 영문인지 몰라 물었다. "뭐라고 한 거야?"

도로시가 이번에는 오른발로 서서 주문을 외웠다. "힐로, 홀로, 헬로!"

양철 나무꾼이 침착하게 대답했다. "헬로!"

이제 도로시는 두 발로 서서 말했다. "지지, 주지, 지크!" 주문을 다 외우고 나니, 곧 와자지껄 떠드는 소리와 날개를 퍼덕이는 소리가 요란하게 들리면서 날개 달린 원숭이 무리가 그들을 향해 날아왔다. 우두머리 원숭이가 도로시 앞에 절을 하고 물었다.

"무슨 명령을 내리시겠습니까?"

도로시가 대답했다. "우리는 에메랄드 시에 가고 싶은데, 길을 잃어버렸어."

"저희가 모셔다드리겠습니다." 우두머리 원숭이가 대답을 마치자마자 원숭이 두 마리가 도로시를 팔에 안더니 날기 시작했다. 다른 원숭이들은 허수아비와 양철 나무꾼과 사자를 안고 날아갔고, 작은 원숭이 한 마리는 토토를 안고 그 뒤를 따라갔다. 토토가 이 원숭이를 물려고 안간힘을 썼지만 말이다.

허수아비와 양철 나무꾼은 예전에 날개 달린 원숭이들한테 호되게 당했던 일을 기억하고 있었기 때문에 처음에는 겁에 질렸다. 그러나 이번에는 원숭이들이 자기들을 해치려는 의도가 없다는 것을 깨닫고는, 발아래 펼쳐진 아름다운 정원과 숲을 바라보며 즐겁게 하늘을 날았다.

도로시는 가장 덩치가 큰 원숭이 두 마리가 양쪽에서 받쳐

준 덕분에 편안하게 날아갈 수 있었다. 그중 한 마리는 우두머리 원숭이였다. 원숭이들은 도로시가 편안하도록 손가마를 만들어 주고 도로시가 다치지 않도록 무척 조심했다.

도로시가 물었다. "너희는 왜 황금 모자의 주인에게 복종해야 하는 거야?"

우두머리 원숭이가 웃으며 말했다. "이야기하자면 무척 깁니다. 하지만 에메랄드 시까지는 긴 여행이 될 테니, 원하신다면 그 이야기를 하면서 시간을 보낼 수 있습니다."

도로시가 대답했다. "그 이야기를 꼭 듣고 싶어."

그러자 우두머리 원숭이가 이야기를 시작했다.

"우리는 한때 자유로운 몸이었답니다. 울창한 숲 속에서 이 나무 저 나무 날아다니며 열매와 과일을 따 먹고, 그 누구도 주인님이라고 부르지 않으며 하고 싶은 대로 하면서 행복하게 살고 있었지요. 이따금 우리 중에는 장난이 너무 심한 원숭이들도 있었어요. 땅으로 내려가 날개 없는 동물들의 꼬리를 잡아당기기도 하고, 새들을 쫓기도 하고, 숲 속을 거니는 사람들을 향해 딱딱한 열매를 던지기도 했지요. 하지만 우리는 아무것도 신경 쓰지 않고 행복하고 즐거운 생활을 하고 있었어요. 하루하루 매 순간을 즐기며 살았지요. 아주 오래전 오즈가 구름에서 나와 이 땅을 다스리기 전까지는 말이에요.

"그때 북쪽에는 강력한 마법의 힘을 가진 아름다운 공주님이 살고 있었습니다. 공주님은 오직 사람들을 돕기 위해서만 마법의 힘을 사용했고, 착한 사람은 절대 해치지 않는다고 알려졌어요. 공주님 이름은 가엘레트인데, 루비로 지은 멋진 궁궐에서 살고 있었지요. 모두 공주님을 사랑했지만, 공주님은 사랑할 만한 남자를 찾을 수 없어 큰 슬픔에 빠져있었어요. 공주님처럼 아름답고 현명한 여자의 짝으로 어울리기에는 남자들이 모두 너무 어리석거나 못생겼다는 것이 문제였지요. 그러다가 마침내 공주님은 잘생기고 남자답고 현명한 소년을 발견하게 되었어요. 가엘레트 공주님은 이 소년이 자라서 어른이 되면 자기의 남편으로 삼기로 마음먹었지요. 공주님은 소년을 루비 궁궐로 데리고 와서, 세상의 모든 여자가 바라는 강하고 착하고 멋진 남자로 만들기 위해 자신이 가진 모든 마법의 힘을 사용했지요. 소년의 이름은 켈랄라였습니다. 이 소

년이 자라서 어른이 되자, 이 나라에서 가장 훌륭하고 현명한 남자라는 평판을 듣게 되었습니다. 켈랄라는 남성미도 넘쳤기 때문에 가엘레트 공주님은 그를 진심으로 사랑했고 결혼 준비를 서둘렀습니다.

"그 당시 우리 할아버지는 날개 달린 원숭이들의 우두머리였어요. 날개 달린 원숭이들은 가엘레트 공주님의 궁궐 근처에 있는 숲 속에서 살고 있었지요. 우리 할아버지는 맛있는 저녁보다도 장난을 더 좋아하는 노인네였어요. 결혼식이 얼마 남지 않은 어느 날, 우리 할아버지는 부하들을 거느리고 하늘을 날아가다가 강가를 걷고 있는 켈랄라를 보았습니다. 켈랄라는 분홍색 비단과 자주색 공단으로 지은 화려한 옷을 입고 있었습니다. 이것을 보고 우리 할아버지의 장난기가 발동했지요. 할아버지의 명령이 떨어지자, 부하들은 아래로 날아가 켈랄라를 붙잡고 강 한복판으로 날아가서 물속에 풍덩 떨어뜨려 버렸어요.

"할아버지가 외쳤습니다. '헤엄쳐서 나와 봐. 네 옷에 얼룩이 지는지 보자고.' 켈랄라는 무척 현명해서 물속에서 허우적대며 헤엄치지 않았고, 다행히 조금도 다치지 않았습니다. 마침내 물 위로 떠오른 켈랄라는 껄껄 웃으면서 강기슭을 향해 헤엄쳤지요. 하지만 켈랄라가 물에 빠진 것을 본 가엘레트 공주님은 궁전에서 달려 나왔고, 비단과 공단으로 지은 옷이 강

물에 젖어 모두 엉망이 된 것을 보았습니다.

"공주님은 몹시 화가 났어요. 그리고 당연히 누가 이런 짓을 했는지 알고 있었지요. 공주님은 날개 달린 원숭이들을 모두 불렀습니다. 처음에는 원숭이들의 날개를 꽁꽁 묶어서 켈랄라가 당한 것처럼 강물에 빠뜨리겠다고 했습니다. 할아버지는 원숭이들이 날개가 묶인 채 물에 빠지면 결국 죽게 된다는 것을 알고 있었기 때문에 공주님에게 살려 달라고 빌었지요. 켈랄라도 원숭이들을 용서해 달라고 거들었어요. 결국, 가옐레트 공주님은 마음을 바꾸어 원숭이들을 살려 주었어요. 하지만 한 가지 조건이 있었지요. 바로 날개 달린 원숭이들이 황금 모자의 주인이 내리는 명령에 세 번 복종해야 한다는 것이었어요. 이 모자는 켈랄라를 위한 결혼 선물로 만들어진 것인데, 공주님은 왕국의 절반을 이 모자값으로 치렀다고 해요. 물론 우리 할아버지와 부하 원숭이들은 모두 이 조건에 동의했지요. 이렇게 해서 우리는 황금 모자의 주인이 누구든 간에 세 번 그 주인의 노예가 되어야 한 겁니다."

도로시는 이 흥미진진한 이야기를 귀 기울여 듣다가 물었다. "공주님과 켈랄라는 어떻게 되었어?"

"켈랄라는 황금 모자의 첫 번째 주인이었기 때문에 우리에게 처음으로 명령을 내린 사람이었습니다. 켈랄라는 공주님과 결혼한 후 우리를 숲 속으로 불러서 앞으로 영원히 공주님 눈에 띄지 않도록 멀리 떨어져 있으라고 명령했어요. 공주님이 우리를 꼴도 보기 싫다고 했거든요. 우리도 공주님이 무서웠기 때문에 기꺼이 명령에 따랐지요.

"서쪽 나라의 못된 마녀가 황금 모자를 손에 넣기 전까지 우리가 복종해야 했던 명령은 이것뿐이었습니다. 하지만 못된 마녀는 우리를 시켜서 윙키들을 노예로 삼았고, 그다음에는 오즈를 서쪽 나라에서 쫓아내게 했지요. 이제 황금 모자의 주인은 아가씨이니 우리에게 세 번 명령을 내릴 수 있습니다."

우두머리 원숭이가 이야기를 마치자, 도로시는 아래를 내려다보았다. 드디어 반짝거리는 에메랄드 시의 초록색 성벽이 눈앞에 펼쳐졌다. 도로시는 원숭이들이 이렇게나 빨리 날 수

있다는 것에 놀랐고, 또 여행이 끝나서 기뻤다. 이 별난 원숭이들은 여행객들을 에메랄드 시의 성문 앞에 조심스럽게 내려놓았다. 우두머리 원숭이는 도로시에게 정중히 인사를 한 다음 순식간에 날아가 버렸고, 부하 원숭이들은 그 뒤를 잽싸게 쫓아갔다.

소녀가 말했다. "즐거운 비행이었어."

사자가 응수했다. "맞아. 덕분에 힘든 고비를 빨리 넘길 수 있었어. 네가 그 신기한 모자를 가져와서 얼마나 다행인지 몰라!"

Chapter XV.
The Discovery of
OZ, The Terrible.

무서운 오즈의 정체

네 명의 여행객들은 에메랄드 시의 거대한 성문으로 다가가서 종을 울렸다. 종을 여러 번 울린 후에야 예전에 만났던 문지기가 나와서 문을 열어 주었다.

문지기는 도로시 일행을 보고 깜짝 놀라며 물었다. "아니, 다시 돌아온 게냐?"

허수아비가 대답했다. "보시다시피요."

"나는 너희가 서쪽 나라의 못된 마녀를 찾으러 간 줄 알았는데."

또 허수아비가 대답했다. "네, 갔었지요."

문지기가 믿을 수 없다는 듯이 물었다. "마녀가 너희를 도로 보내주었단 말이냐?"

"마녀는 녹아 버렸기 때문에 우리를 막을 수 없었어요." 허수아비가 설명했다.

"녹아 버렸다고? 정말 좋은 소식이구나. 누가 마녀를 녹여 버렸니?"

사자가 근엄하게 말했다. "도로시가요."

"이렇게 고마울 수가!" 문지기는 도로시에게 깊이 고개를
숙여 절을 했다.

그러고는 그들을 작은 방으로 데려가 지난번과 같이 초록
색 상자에서 안경을 꺼내어 눈에 씌워 주었다. 드디어 그들은
에메랄드 시 안으로 들어갔다. 문지기는 도로시 일행이 서쪽
나라의 못된 마녀를 녹여 버렸다고 외쳤고, 이 말을 들은 사람
들은 모두 이 여행객들 주위로 몰려와 오즈의 궁궐까지 무리
를 지어 따라왔다.

초록색 수염을 기른 병사가 여전히 궁궐 문을 지키고 있었
지만, 이번에는 도로시 일행을 곧바로 들여 보내주었다. 여행
객들이 궁궐 안으로 들어가자 지난번과 같이 아름다운 초록색
소녀가 도로시 일행을 맞이해 주었다. 소녀는 오즈가 접견을
준비할 때까지 도로시 일행이 편히 쉴 수 있도록 각자 예전에
묵었던 방으로 안내했다.

병사는 곧바로 오즈에게 가서 도로시
일행이 못된 마녀를 죽인 후 돌아왔다는
소식을 전했다. 하지만 오즈는 아무런 대
답도 하지 않았다. 도로시 일행은 오즈가
당장 자기들을 부를 거로 생각했지만, 그

런 일은 일어나지 않았다. 이튿날도, 그 이튿날도, 그 이튿날도, 그들은 오즈로부터 아무런 말도 듣지 못했다. 기다리는 일은 피곤하고 지루했다. 마침내 그들은 화가 나기 시작했다. 자기들을 서쪽 나라로 보내 온갖 어려움과 노예 생활을 겪게 할 때는 언제고 인제 와서 이렇게 소홀히 대접하다니 참을 수가 없었다. 결국, 허수아비는 초록 소녀를 시켜 오즈가 당장 자기들을 만나주지 않으면 날개 달린 원숭이를 불러서 오즈가 약속을 지키는지 두고 보겠다는 말을 오즈에게 전하도록 했다. 오즈는 이 이야기를 듣고 겁에 질려서 도로시 일행에게 이튿날 아침 9시 4분에 접견실로 오라는 전갈을 보냈다. 오즈는 서쪽 나라에서 날개 달린 원숭이들을 한 번 만난 적이 있었는데, 다시는 그 원숭이들을 보고 싶지 않았다.

네 명의 여행객들은 저마다 오즈가 약속한 선물을 생각하느라 하얗게 밤을 새웠다. 도로시는 딱 한 번 잠이 들었는데, 그때 캔자스로 돌아가는 꿈을 꾸었다. 꿈속에서 엠 아주머니는 도로시가 다시 집에 돌아와서 정말 기쁘다고 말했다.

이튿날 아침 9시 정각에 초록색 수염을 기른 병사가 그들을 데리러 왔고, 4분 후에 그들 모두 위대한 오즈 마법사의 접견실로 들어갔다.

물론 그들은 저마다 지난번에 보았던 모습의 오즈를 보게 될 것으로 생각했다. 그러나 아무리 주위를 둘러보아도 방 안에는 아무도 없었기 때문에 그들은 어리둥절했다. 그들은 서로서로 몸을 가까이 맞댄 채 문가에 서 있었다. 자기들이 예전에 보았던 오즈의 어떤 모습보다도 텅 빈 방 안의 고요함이 훨씬 더 무서웠기 때문이다.

바로 그때, 그들은 둥근 모양의 지붕 꼭대기 어딘가로부터 들려오는 듯한 엄숙한 목소리를 들었다.

"나는 위대하고 무서운 마법사 오즈다. 무슨 일로 나를 찾아왔느냐?"

도로시 일행은 방 구석구석을 살펴보았지만 아무도 보이지 않았다. 그러자 도로시가 물었다.

"어디 계세요?"

목소리가 대답했다. "나는 어디에나 있다. 하지만 보통 인간들의 눈에는 보이지 않지. 너희가 나와 이야기할 수 있도록 이제 왕좌에 앉도록 하겠다." 정말 목소리가 그때는 왕좌에서 들려오는 것 같았다. 그래서 그들은 왕좌로 다가가 한 줄로 섰다. 도로시가 말했다.

"우리 약속을 지켜 달라고 요구하러 왔어요, 오 오즈님."

오즈가 물었다. "무슨 약속을 말하는 게냐?"

소녀가 말했다. "못된 마녀를 없애버리면 저를 캔자스로 돌려보내 준다고 약속하셨잖아요."

허수아비가 말했다. "그리고 저한테는 두뇌를 주겠다고 약속하셨고요."

양철 나무꾼이 말했다. "그리고 저한테는 심장을 주겠다고 약속하셨습니다."

겁쟁이 사자가 말했다. "그리고 저한테는 용기를 주겠다고 약속하셨고요."

목소리가 물었다. "정말로 못된 마녀가 죽었느냐?"

도로시는 오즈의 목소리가 조금 떨리고 있다고 생각하며 대답했다.

"네, 제가 그 마녀에게 물을 부어서 녹여 버렸어요."

목소리가 말했다. "세상에! 이것 참 갑작스럽군. 생각할 시간이 조금 필요하니 내일 다시 오도록 하여라."

양철 나무꾼이 화가 나서 말했다. "생각할 시간은 이미 충분히 갖지 않으셨나요?"

허수아비도 거들었다. "우리는 이제는 단 하루도 기다릴 수 없습니다."

도로시도 소리쳤다. "우리한테 하신 약속을 지키셔야 해요!"

사자는 마법사에게 겁을 주는 것이 좋겠다는 생각이 들어서 큰 소리로 힘껏 으르렁거렸다. 사납고 무시무시한 으르렁 소리에 깜짝 놀란 토토는 뒤로 펄쩍 물러서다가 구석에 세워져 있는 장막을 넘어뜨리고 말았다. 장막이 꽈당 소리를 내며 쓰러졌고, 소리가 나는 쪽을 돌아본 그들은 모두 깜짝 놀랐다. 장막이 가리고 있던 자리에는 왜소한 몸집의 한 늙은이가 서 있었기 때문이다. 대머리에 얼굴은 주름투성이인 이 늙은이 역시 도로시 일행만큼이나 놀란 것 같았다. 양철 나무꾼은 도끼를 치켜들고 늙은이를 향해 달려가 소리쳤다.

"너는 누구냐?"

이 작달막한 늙은이는 떨리는 목소리로 대답했다. "내, 내가 위대하고 무서운 마법사 오즈다. 제발, 제발, 때리지 마, 부탁이야. 너희가 원하는 대로 뭐든지 할게."

우리의 친구들은 이 늙은이를 보고서는 놀라움과 실망감을 금치 못했다.

도로시가 말했다. "나는 오즈가 커다란 머리인 줄 알았는데."

허수아비가 말했다. "나는 오즈가 아름다운 여인인 줄 알았어."

양철 나무꾼이 말했다. "나는 오즈가 무서운 짐승인 줄 알았어."

겁쟁이 사자가 소리쳤다. "나는 오즈가 불덩어리인 줄 알았다고!"

작은 남자가 온순히 대답했다. "아니야, 너희 모두 틀렸어. 내가 그동안 속임수를 쓴 거야."

도로시가 외쳤다. "속임수라고요? 그러면 할아버지는 위대한 마법사가 아니에요?"

"쉿, 조용히 하렴. 너무 큰 소리로 이야기하면 다른 사람들이 엿듣게 될 거야. 그러면 나는 끝장이라고. 다들 나를 위대한 마법사로 알고 있으니까."

도로시가 물었다. "그럼 위대한 마법사가 아니란 말이에요?"

"전혀 아니야. 나는 그냥 평범한 사람에 불과하단다."

허수아비가 슬픈 목소리로 말했다. "평범한 게 아니라 당신은 사기꾼이에요."

늙은이는 마치 용서를 빌 듯이 두 손을 맞비비며 말했다.

"맞아, 나는 사기꾼이야."

양철 나무꾼이 말했다. "끔찍하군. 이제 나는 어떻게 심장을 얻을 수 있지?"

사자가 말했다. "나는 어떻게 용기를 얻을 수 있지?"

허수아비는 옷소매로 눈물을 닦으며 울부짖었다. "나는 어떻게 두뇌를 얻을 수 있느냐고!"

오즈가 말했다. "이봐 친구들, 제발 그런 사소한 문제에 관해서는 이야기하지 말아줘. 내 처지를 생각해 봐. 정체가 탄로나면 내가 어떤 곤경에 처하게 될지 생각해 보라고."

도로시가 물었다. "할아버지가 사기꾼이라는 걸 아무도 모르나요?"

오즈가 대답했다. "너희 네 명하고 나 말고는 아무도 몰라. 나는 너무나 오랫동안 다른 사람들을 감쪽같이 속여 왔기 때문에, 내 정체가 영영 들통나지 않을 거로 생각했어. 애초에 너희를 접견실로 부르지 말았어야 했는데. 나는 보통 내 신하들조차 만나지 않거든. 그래서 신하들은 나를 무시무시한 존재라고 믿고 있지."

도로시가 어리둥절해 하며 물었다. "하지만 이해가 안 돼요. 어떻게 저한테는 커다란 머리로 나타난 거죠?"

"그건 내 속임수 중 하나였어. 이쪽으로 오렴. 진실을 전부 알려 줄 테니까."

오즈는 접견실 뒤쪽에 있는 작은 방으로 들어갔다. 도로시 일행은 모두 뒤따라갔다. 오즈는 한쪽 구석을 가리켰다. 거기에는 종이를 여러 번 두껍게 붙여서 만든 커다란 머리가 놓여 있고 그 위에는 얼굴이 꼼꼼히 그려져 있었다.

오즈가 말했다. "이걸 철삿줄을 이용해 천장에 매달아 놓았지. 장막 뒤에 선 채 실을 잡아당겨서 눈을 움직이고 입을 열게 한 거란다."

도로시가 물었다. "하지만 목소리는요?"

"나는 복화술사란다. 어디든 내가 원하는 곳 어디서나 목소리가 나오게 할 수 있지. 그래서 너희는 이 머리에서 목소리가 나온다고 생각했을 거야. 그리고 이것들 역시 내가 너희를 속이기 위해 사용한 물건이란다." 오즈는 아름다운 여인으로 변장했을 때 입었던 드레스와 가면을 허수아비에게 보여주었다. 양철 나무꾼은 자신이 보았던 무서운 짐승이 사실은 널빤지에 털가죽을 꿰매어 붙인 것에 불과하다는 사실을 알게 되었다. 불덩어리 역시 이 가짜 마법사가 천장에 매달아 놓은 솜

뭉치일 뿐이었다. 여기에 기름을 부어 활 활 타오르게 한 것이었다.

허수아비가 말했다. "당신은 지독한 사 기꾼이군요. 부끄러운 줄 알아요."

작은 남자가 구슬픈 목소리로 대답했 다. "그래, 나는 나 자신이 정말 부끄러워. 하지만 이게 내가 할 수 있는 전부였어. 자, 앉아보렴. 여기 의자는 충분히 있으니까. 이제 내 이야기를 들려주마."

그래서 그들은 의자에 앉아 오즈의 이야기에 귀를 기울였다.

"나는 오마하에서 태어났단다."

도로시가 외쳤다. "저런, 거긴 캔자스에서 그리 멀지 않은 곳이잖아요!"

오즈는 도로시를 향해 고개를 끄덕이면서 슬픈 목소리로 말했다. "그래. 하지만 여기서는 아주 먼 곳이지. 나는 자라서 복화술사가 되었어. 훌륭한 스승한테 제대로 훈련을 받았기 때문에, 어떠한 종류의 새나 짐승의 소리도 모두 흉내 낼 수 있단다." 이 말을 마친 뒤, 오즈는 새끼 고양이처럼 야옹 소리를 냈다. 그러자 토토는 귀를 쫑긋 세우고 새끼 고양이가 어디에 있나 두리번거렸다. 오즈는 이야기를 계속 이어 나갔다. "그러다가 시간이 얼마 지나자 나는 복화술에 싫증이 났지. 그래서 이번에는 열기구를 타는 사람이 되었어."

도로시가 물었다. "그게 뭔가요?"

"서커스가 열리는 날 열기구를 타고 하늘로 올라가는 사람이야. 사람들을 끌어모아서 돈을 내고 서커스를 보게 하는 거지."

도로시가 말했다. "아, 그렇군요."

"하루는 열기구를 타고 올라갔는데, 밧줄이 꼬여 버리는 바람에 다시 땅으로 내려갈 수 없게 되었어. 열기구는 구름 위로 까마득히 높이 올라갔고, 바람을 타고 멀리멀리 날아갔지. 꼬박 하루를 여행하다가 이튿날 아침에 눈을 떠 보니 열기구가 낯설고 아름다운 나라 위를 날고 있더구나.

"열기구는 천천히 땅으로 내려갔고, 나는 조금도 다치지 않았어. 그런데 열기구에서 내려보니 이상한 사람들이 나를 둘러싸고 있더구나. 내가 구름에서 내려오는 걸 보고 나를 위대한 마법사라고 생각하더군. 나는 그렇게 생각하도록 내버려두었어. 그 사람들은 나를 두려워하며 내가 원하는 건 뭐든지 하겠다고 약속했으니까.

"나는 이 도시와 궁궐을 지으라고 명령했어. 이곳의 착한 사람들에게 할 일을 주고 나도 무료함을 달랠 겸 말이야. 그들은 기꺼이 명령에 따랐고, 솜씨도 아주 좋았지. 그러고 나서 이 나라의 풍경이 푸르르고 아름다우니 이곳을 에메랄드 시라고 불러야겠다고 마음먹었어. 그러고는 그 이름에 걸맞도록 사람들이 모두 초록색 안경을 쓰도록 했지. 눈에 보이는 것이 모두 초록색으로 보이도록 말이야."

도로시가 물었다. "그럼 이 도시에 있는 모든 것이 초록색이 아닌가요?"

오즈가 대답했다. "이 도시도 다른 도시들과 다를 바 없어. 초록색 안경을 쓰고 있으니 당연히 눈에 보이는 것이 모두 초록색으로 보이는 거야. 에메랄드 시는 아주 오래전에 지어졌어. 내가 처음에 열기구를 타고 이곳에 도착했을 때는 젊은이였지만 지금은 이렇게 늙은이가 되어버렸으니까. 하지만 이곳 사람들은 너무 오랫동안 초록색 안경을 쓰고 살았기 때문에 대부분은 여기가 정말로 에메랄드 시라고 믿고 있어. 물론 이 나라가 정말 아름다운 곳임은 분명해. 보석과 귀금속이 풍부하고, 행복하게 사는 데 필요한 모든 것이 갖추어진 곳이지. 나는 지금까지 사람들한테 친절을 베풀었고, 이곳 사람들도 나를 좋아해. 하지만 이 궁궐이 세워진 뒤로 지금까지 쭉 나는 여기에 틀어박혀서 아무도 만나려고 하지 않았어.

"내가 가장 두려워한 것 중 하나는 마녀들이었어. 나는 전혀 마법을 부릴 줄 모르지만, 마녀들은 엄청나게 놀라운 일을 할 수 있다는 사실을 알게 되었으니까. 이 나라에는 마녀가 넷이 있는데, 각각 동쪽, 서쪽, 남쪽, 북쪽의 사람들을 다스리고 있었지. 다행히 북쪽과 남쪽의 마녀는 착한 마녀라서 나를 해치지 않으리라는 것을 알고 있었어. 하지만 동쪽과 서쪽의 마녀는 지독히도 못된 마녀들이었어. 내가 자기들보다 더 강하다고 생각하지 않았다면 틀림없이 나를 죽였을 거야. 나는 오랫동안 두려움에 떨며 살았지. 그래서 동쪽 나라의 마녀가 너희 집에 깔려서 죽었다는 소식을 들었을 때 얼마나 기뻤는지 몰라. 너희가 나를 찾아왔을 때, 나는 너희가 서쪽 나라의 마녀만 없애준다면 무엇이든지 약속할 마음이 있었지. 하지만 너희가 그 마녀를 녹여 버렸는데도 나는 약속을 지킬 수 없다고 말하려니까 정말 부끄럽구나."

도로시가 말했다. "할아버지는 정말 나쁜 사람이에요."

"얘야, 그렇지 않단다. 나는 사실 아주 좋은 사람이야. 마법사로서는 형편없지만 말이야."

허수아비가 물었다. "정말 나에게 두뇌를 줄 수 없나요?"

"너는 두뇌가 필요 없어. 매일매일 새로운 것을 배우고 있으니까 말이야. 아기는 두뇌를 가지고 있지만 아는 게 별로 없지. 지식을 가져다주는 것은 경험밖에 없단다. 네가 오래 살면 살수록 더 많은 경험을 쌓게 될 거야."

"그럴지도 모르죠. 하지만 당신이 나에게 두뇌를 주지 않으면 나는 정말 불행할 거예요."

가짜 마법사는 허수아비를 찬찬히 바라보더니, 한숨을 내쉬며 말했다. "흠, 아까도 말했듯이 나는 대단한 마법사는 아니야. 그래도 내일 아침에 다시 찾아오면 네 머리를 두뇌로 채워 줄게. 하지만 두뇌를 어떻게 사용하는지는 알려줄 수 없어. 그건 네가 스스로 알아내야 해."

허수아비가 외쳤다. "고마워요. 정말 고맙습니다! 두뇌를 사용하는 방법은 제가 찾을 테니 걱정하지 마세요!"

사자가 조바심을 내며 물었다. "내 용기는요?"

오즈가 대답했다. "너는 이미 충분히 용기를 가지고 있어. 네가 필요한 것은 자신감이야. 위험을 맞닥뜨렸을 때 두려워하지 않는 동물은 없단다. 진정한 용기란 두려워하면서도 위험에 맞서는 것이지. 그런 용기라면 너도 충분히 가지고 있어."

"그럴지도 모르죠. 하지만 난 여전히 겁이 나요. 당신이 나에게 두려움을 잊게 하는 용기를 주지 않으면 나는 정말 불행할 거예요."

오즈가 대답했다. "좋다. 내일 아침에 다시 찾아
오면 그 용기를 주도록 하겠다."

이번에는 양철 나무꾼이 물었다. "내 심장은요?"

오즈가 대답했다. "네가 심장을 가지고 싶어 하는 건 잘못
생각하는 것 같아. 심장은 대부분 사람을 불행하게 만들지. 네
가 그걸 안다면 심장이 없는 게 오히려 다행이라고 생각할 거
야."

양철 나무꾼이 말했다. "사람마다 생각이 다를 수 있죠. 당
신이 나에게 심장을 준다면 나는 군말 없이 어떤 불행도 참고
견디겠어요."

오즈가 순순히 대답했다. "좋다.
내일 아침에 다시 찾아오면 심장을
주도록 하겠다."

도로시가 말했다. "이제 제 차례
예요. 저는 어떻게 캔자스로 돌아가
죠?"

오즈가 대답했다. "그건 생각을
좀 해 봐야 해. 며칠만 생각할 시간
을 주면 너가 사막을 건너는 방법을
찾아보겠다. 그동안 너희는 내 손님
으로 대접받으면서 지내렴. 이 궁궐

에 있는 동안 내 신하들이 너희 시중을 들고 너희 명령이라면 모두 복종할 거야. 너희를 도와주는 대가로 내가 부탁하는 것은 한 가지뿐이다. 내 비밀을 지켜 주렴. 아무에게도 내가 사기꾼이라고 말하지 말아다오."

그들은 오즈의 정체에 대해서 아무것도 말하지 않겠다고 약속하고 들뜬 마음으로 방에 돌아왔다. 이 사람을 '위대하고 무서운 사기꾼'이라고 부른 도로시조차 오즈가 자기를 캔자스로 돌려보낼 방법을 찾아줄 거라는 희망에 부풀어 있었다. 자기의 소원을 들어만 준다면 도로시는 오즈가 한 짓을 모두 용서해 줄 마음이 있었다.

Chapter XVI.
The Magic Art of
the Great Humbug.

위대한 사기꾼의 마술

이튿날 아침 허수아비는 친구들에게 말했다.

"축하해 줘. 이제 나는 오즈한테 가서 마침내 두뇌를 얻게 될 거야. 내가 돌아올 때는 다른 사람들과 똑같이 되어 있을 거야."

도로시가 천진난만하게 말했다. "나는 너를 있는 모습 그대로 항상 좋아했어."

"허수아비를 좋아해 주다니 고마워. 하지만 나의 새 두뇌에서 나오는 훌륭한 생각을 들으면 나를 더욱 멋지다고 생각하게 될 거야." 허수아비는 생기발랄한 목소리로 친구들에게 인사를 하고 접견실로 가서 문을 두드렸다.

오즈가 말했다. "들어오렴."

허수아비가 안으로 들어가서 보니, 작은 사람이 창가에 앉아서 깊은 생각에 잠겨 있었다.

허수아비는 조금은 불안한 목소리로 말을 꺼냈다.

"두뇌를 얻으러 왔습니다."

"그래, 그 의자에 앉으렴. 네 머리를 떼어내야 하는 데 괜찮겠니? 두뇌를 알맞은 자리에 집어넣으려면 어쩔 수 없단다."

"물론이죠. 다시 붙였을 때 예전보다 더 나은 머리가 될 수 있다면, 얼마든지 떼어내셔도 됩니다."

그러자 오즈는 허수아비의 머리를 떼어내고 속에 든 밀짚을 모두 꺼냈다. 그러고는 뒷방으로 들어가 겨를 한 더미 가져와서는 거기에 핀과 바늘을 잔뜩 섞었다. 이것을 골고루 섞어서 허수아비의 머리에 넣은 다음, 제자리에 고정될 수 있도록 나머지 공간에는 밀짚을 채워 넣었다. 오즈는 허수아비의 머리를 몸통에 다시 붙인 다음 말했다.

"내가 새 두뇌를 잔뜩 주었으니 이제 너는 훌륭한 사람이 될 거야."

마침내 소원이 이루어지자 허수아비는 아주 기쁘고 자랑스러웠다. 허수아비는 오즈에게 진심으로 고맙다는 인사를 하고 친구들에게 돌아왔다.

도로시는 호기심 어린 눈으로 허수아비를 쳐다보았다. 허수아비의 머리 꼭대기는 뇌가 들어가 있어서 불룩하게 튀어나와 있었다.

도로시가 물었다. "기분이 어때?"

허수아비는 진지하게 말했다. "정말 똑똑해진 기분이야. 새 두뇌에 익숙해지면 나는 모든 것을 알게 될 거야."

양철 나무꾼이 물었다. "그런데 왜 바늘이랑 핀이 머리에서 튀어나와 있지?"

사자가 거들었다. "그건 허수아비가 아주 예리하다는 증거야."

나무꾼이 말했다. "이제 나도 오즈에게 가서 심장을 얻어야겠군."

나무꾼은 접견실로 가서 문을 두드렸다.

오즈가 말했다. "들어오렴." 양철 나무꾼은 안으로 들어가서 말했다.

"심장을 얻으러 왔습니다."

"좋아. 하지만 나는 먼저 네 가슴에 구멍을 뚫어야 해. 그래야 심장을 제자리에 넣을 수 있거든. 아프지 않으면 좋겠구나." 작은 사람이 대답했다.

"걱정하지 마세요. 전혀 아픔을 느끼지 못할 거예요." 나무꾼이 대답했다.

오즈는 땜장이들이 쓰는 커다란 가위를 가져와서 양철 나무꾼의 왼쪽 가슴에 사각형 모양의 작은 구멍을 뚫었다. 그런 다음 서랍장으로 가서 아름다운 심장을 꺼냈다. 속은 톱밥으로 채워져 있고 겉은 고운 비단으로 되어 있었다.

오즈가 물었다. "어때? 아름답지 않으냐?"

나무꾼은 기뻐하며 대답했다. "정말 아름답네요! 그런데 이건 친절한 마음을 가진 심장인가요?"

오즈가 대답했다. "그렇다마다." 오즈는 심장을 나무꾼의 가슴 속에 집어넣은 다음, 잘라낸 곳을 사각형 모양의 양철 조각으로 깨끗하게 땜질했다.

"자, 이제 너는 누구라도 자랑스러워할 만한 심장을 갖게 되었다. 가슴에 땜질한 자국이 생기게 되어서 미안하구나. 하지만 어쩔 수가 없었어."

나무꾼은 행복해하며 소리쳤다. "땜질 자국은 신경 쓰지 마세요! 정말 고맙습니다. 이 은혜는 절대 잊지 않을게요."

오즈가 대답했다. "대단한 것도 아닌데, 뭘."

그런 다음 양철 나무꾼은 친구들에게 돌아와서 마침내 소원을 이룬 기쁨을 함께 나누었다.

이번에는 사자가 접견실로 가서 문을 두드렸다.

오즈가 말했다. "들어오렴."

사자는 방으로 들어가면서 큰 소리로 말했다. "용기를 얻으러 왔습니다."

작은 사람이 대답했다. "그래, 용기를 주도록 하마."

오즈는 찬장으로 가더니 높은 선반으로 손을 뻗어 네모난 초록색 유리병을 꺼냈다. 그런 다음 유리병에 든 것을 아름다운 조각이 새겨진 녹색 금 접시에 따랐다. 이 접시를 사자 앞에 놓자, 사자는 냄새가 마음에 들지 않는다는 듯이 킁킁거렸다. 그러자 오즈가 말했다.

"이걸 마시렴."

"이게 뭔데요?" 사자가 물었다.

"이게 네 몸 안에 들어간다면 용기가 될 것이다. 용기는 항상 안에 있는 법이잖니? 그래서 네가 이것을 삼키기 전에는 이것을 용기라고 부를 수 없어. 그러니까 되도록 빨리 마시는 게 좋을 거야."

이 말에 사자는 이제는 망설이지 않고 접시에 담긴 것을 남김없이 모두 마셨다.

오즈가 물었다. "기분이 어떠냐?"

사자가 답했다. "용기로 가득 찬 기분이에요." 사자는 친구들에게 자신의 행운에 관해 이야기해 주고 싶어서 한걸음에 달려왔다.

혼자 남겨진 오즈는 허수아비와 양철 나무꾼과 사자의 소원을 이루어준 것을 생각하면서 빙긋 웃고는 중얼거렸다. "누구나 불가능하다고 생각하는 일을 다들 나한테 와서 해 달라고 하니, 내가 어떻게 사기꾼이 되지 않을 수 있겠어? 허수아비와 사자와 나무꾼을 행복하게 만드는 건 쉬운 일이었어. 그들은 내가 무엇이든 할 수 있다고 상상했으니까. 하지만 도로시를 캔자스로 돌려보내려면 그보다도 더 많은 상상력이 필요해. 이번엔 어떻게 해야 할지 정말 모르겠군."

Chapter XVII.
How the Balloon
was Launched.

For

열기구 띄우기

사흘 동안 도로시는 오즈에게서 아무런 소식도 듣지 못했다.

소원을 이룬 도로시의 친구들은 모두 행복하고 만족스러운 시간을 보내고 있었지만, 도로시에게는 무척이나 슬픈 하루하루였다. 허수아비는 친구들에게 자신의 머릿속에 훌륭한 생각이 가득 차 있다고 자랑했다. 하지만 무슨 생각인지는 말해주지 않았다. 그 생각은 자기 자신만이 이해할 수 있다고 믿었기 때문이다. 양철 나무꾼은 걸을 때마다 가슴에서 심장이 쿵쿵거리는 것을 느낄 수 있었다. 나무꾼은 새로 얻은 심장이 예전에 인간이었을 때 가졌던 심장보다 더 친절하고 부드러운 마음을 지니고 있다고 도로시에게 말했다. 사자는 이제 세상에서 두려운 것이 아무것도 없다고 당당하게 말했다. 용맹한 군대도 사나운 칼리다 수십 마리도 덤빌 테면 덤비라며 큰소리쳤다.

이렇게 도로시 친구들은 모두 만족스러워하니 도로시는

그 어느 때보다도 캔자스로 돌아가고 싶은 마음이 간절해졌다.

나흘째 되는 날, 마침내 오즈는 도로시를 불렀고 도로시는 뛸 듯이 기뻐하며 접견실로 갔다. 도로시가 방 안으로 들어가자 오즈가 흡족한 목소리로 말했다.

"거기 앉으렴. 드디어 너를 이 나라에서 벗어나게 할 방법을 찾았단다."

도로시가 간절히 물었다. "그럼 캔자스로 돌아갈 수 있는 건가요?"

오즈가 대답했다. "흠, 캔자스까지 갈 수 있을지는 잘 모르겠구나. 나는 캔자스가 어느 쪽에 있는지도 전혀 모르거든. 하지만 우선 사막을 건너는 것이 중요해. 사막을 지난 다음에 집으로 가는 길을 쉽게 찾을 수 있을 거다."

도로시가 물었다. "제가 사막을 어떻게 건널 수 있나요?"

"내 생각을 이야기해 주마. 나는 열기구를 타고 이 나라에 왔어. 너도 회오리바람을 타고 이곳에 왔지. 그러니까 사막을 건너는 가장 좋은 방법은 바람을 타고 되돌아가는 거야. 그런데 회오리바람을 만드는 건 내 힘으로는 불가능해. 하지만 곰곰이 생각해 보니 열기구는 만들 수 있을 것 같구나."

"어떻게요?"

"열기구는 비단으로 만들면 돼. 가스가 새어나가지 않도록 비단을 풀로 잘 붙여야 한단다. 이 궁궐에는 비단이 넘치도록 많으니 열기구를 만드는 일은 식은 죽 먹기야. 하지만 열기구 안에 넣을 기체는 이 나라 어디에도 없단다. 그게 있어야 기구를 띄울 수 있는데 말이다."

도로시가 실망한 목소리로 말했다. "기구가 뜨지 않으면 아무 소용 없는 거잖아요."

오즈가 대답했다. "그렇지. 하지만 열기구를 띄울 방법은 또 있단다. 열기구 안에 대신 뜨거운 공기를 채우는 거야. 물론 기체가 뜨거운 공기보다는 낫지. 뜨거운 공기가 식으면 열기구는 사막 한복판에서 아래로 떨어지게 될 거야. 그럼 우리는 길을 잃게 되겠지."

도로시가 외쳤다. "우리라고요? 할아버지도 저와 함께 가실 건가요?"

"그렇고말고. 난 사기꾼으로 사는 데 이제 진절머리가 나. 내가 이 궁궐 밖으로 나가면 사람들은 내가 마법사가 아니라는 사실을 곧 눈치채게 될 거야. 그럼 그동안 나한테 속은 것에 대해 화가 나겠지. 그러니 나는 계속 여기 안에 틀어박혀서 조용히 지내야 해. 몹시 지루한 일이지. 나는 너와 함께 캔자스로 돌아가서 다시 서커스를 하는 편이 훨씬 더 좋을 것 같아."

"저야 함께 가신다면 좋지요."

"고맙구나. 그럼 비단을 꿰매는 일을 도와주겠니? 함께 열
기구를 만들도록 하자꾸나."

그래서 도로시는 재빨리 바늘과 실을 가져왔다. 오즈가 비
단을 알맞은 모양으로 자르면, 도로시는 그 비단 조각들을 깔
끔하게 꿰매 붙였다. 처음에는 연초록빛의 비단을, 그다음에
는 진초록빛의 비단을, 그다음에는 에메랄드빛의 비단을 차례
대로 잘라 붙였다. 오즈는 다양한 초록빛을 띤 열기구를 만들
고 싶었기 때문이다. 비단 조각들을 모두 잘라 붙이는 데에는
꼬박 사흘이 걸렸고, 마침내 60m보다 커다란 초록빛 자루가
완성되었다.

그런 다음 오즈는 열기구 안에 공기가 들어가지 않도록 비단 안쪽에 풀을 얇게 발라 붙였다. 그런 다음 마침내 열기구가 완성되었다고 사람들에게 말했다.

오즈가 말했다. "이제 사람이 탈 수 있는 바구니가 필요하겠군." 그래서 오즈는 초록색 수염을 기른 병사를 시켜 큰 바구니를 구해 오도록 했다. 오즈는 그 바구니를 열기구 아래쪽에 튼튼한 밧줄로 여러 번 묶어서 단단히 고정했다.

모든 준비가 끝나자, 오즈는 신하들에게 구름 속에 사는 위대한 마법사인 자신의 형을 만나고 오겠다고 말했다. 이 소식은 에메랄드 시 전체로 빠르게 퍼졌고, 이 멋진 광경을 구경하기 위해 모두 궁궐로 모여들었다.

오즈는 열기구를 궁궐 앞으로 옮겨 놓으라고 명령했고 사람들은 그 열기구를 호기심 어린 눈으로 올려다보았다. 양철 나무꾼은 장작을 패서 한 더미를 쌓아 놓고서 불을 지폈다. 오즈는 그 불에서 올라오는 뜨거운 공기가 비단 주머니 안으로 들어가도록 열기구의 아랫부분을 불 위로 가져갔다. 열기구는 점점 부풀어 오르더니 하늘로 솟아오르기 시작했고, 마침내 바구니가 땅에서 떨어졌다.

그러자 오즈는 바구니에 올라탄 다음 우렁찬 목소리로 사람들에게 말했다.

"나는 이제 나의 형을 만나러 갈 것이다. 내가 없는 동안 허수아비가 이 나라를 다스릴 테니, 나에게 복종하는 것처럼 허수아비에게도 복종하도록 하여라."

　이제 열기구를 땅에 고정해 놓은 밧줄은 열기구를 힘겹게 붙들고 있었다. 열기구 안에 뜨거운 공기가 가득 채워지면서 무게가 훨씬 더 가벼워지자, 열기구가 하늘로 계속 솟구치고

있었기 때문이다.

오즈가 소리쳤다. "도로시, 얼른 바구니에 타! 서두르지 않으면 열기구는 날아가 버릴 거야."

도로시가 대답했다. "토토가 안 보여요!" 도로시는 토토를 두고 떠나고 싶지 않았다. 토토는 사람들 사이에서 고양이 한 마리를 발견하고는 멍멍 짖으면서 쫓아가 버렸다. 도로시는 결국 토토를 찾아내서 들어 올린 다음, 열기구를 향해 뛰어갔다.

이제 열기구까지는 몇 발자국 남지 않았고, 오즈는 도로시가 바구니에 올라타는 것을 도와주기 위해 손을 쭉 내밀었다. 바로 그때 밧줄이 쩍 끊어지더니, 도로시가 미처 올라타기도 전에 열기구는 하늘로 날아올랐다.

도로시가 외쳤다. "제발 돌아오세요! 저도 데리고 가세요!"

바구니에서 오즈가 소리쳤다. "이제 다시 땅으로 돌아갈 수 없단다. 그럼 안녕!"

그러자 백성들은 바구니 안에 있는 오즈를 올려다보며 모두 소리쳤다. "안녕히 가세요!" 오즈가 탄 열기구는 점점 더 멀리 올라가더니 하늘 속으로 사라졌다.

그 이후로 위대한 오즈 마법사를 다시 만난 사람은 아무도 없었다. 아마도 오마하에 무사히 도착해 지금도 그곳에서 살고 있을지 모른다. 에메랄드 시 사람들은 항상 오즈를 그리워하며 이렇게 말하고는 했다.

"오즈는 항상 우리의 좋은 친구였어. 여기에 있을 때는 우리를 위해 이 아름다운 에메랄드 시를 지어주고, 여기를 떠날 때는 현명한 허수아비가 우리를 다스리도록 했지."

그래도 아주 오랜 시간 동안 에메랄드 시 사람들은 훌륭한 마법사를 잃은 것을 슬퍼했고, 어떤 것도 그 슬픔을 달랠 수 없었다.

Chapter XVIII.
Away to the
Soυth.

남쪽을 향해서

도로시는 고향인 캔자스로 돌아갈 희망이 사라지자 서럽게 엉엉 울었다. 하지만 다시 곰곰이 생각해 보니 오히려 열기구에 올라타지 않은 것이 다행스러웠다. 도로시와 친구들 역시 오즈가 떠나버려 슬펐다.

양철 나무꾼이 도로시에게 다가와 말했다.

"지금 내가 슬퍼하지 않는다면 나는 은혜를 모르는 사람일 거야. 오즈는 나에게 이 아름다운 심장을 주었으니까. 잠깐 울고 싶은데 내 몸이 녹슬지 않도록 눈물을 닦아 줄 수 있겠니?"

"그럼." 도로시는 재빨리 수건을 가져왔다. 그러자 양철 나무꾼은 몇 분 동안 흐느껴 울었고, 도로시는 수건으로 눈물을 꼼꼼히 닦아 주었다. 울음을 그친 나무꾼은 도로시에게 고맙다고 인사를 한 후, 몸이 녹스는 사고를 막기 위해 보석이 촘촘히 박힌 기름통을 꺼내어 몸 전체를 골고루 기름칠했다.

이제 허수아비가 에메랄드 시를 다스리게 되었다. 허수아비가 마법사는 아니었지만, 사람들은 밀짚으로 채워진 사람이 다스리는 도시는 이 세상 어디에도 없다고 말하며 허수아비를 자랑스러워 했다. 그게 틀린 말이 아닌 것은 분명했다.

오즈를 태운 열기구가 떠난 후 이튿날 아침, 네 명의 여행객들은 접견실에 모여서 자신들이 처한 상황에 관해 이야기했다. 허수아비는 커다란 왕좌에 앉아있고, 나머지 셋은 허수아비 앞에 공손히 서 있었다.

에메랄드 시의 새로운 지배자가 말했다. "우리가 그렇게 불행한 것은 아니야. 이제 이 궁궐과 에메랄드 시 전체가 우리의 것이니까. 여기서 우리는 원하는 것은 뭐든지 할 수 있어. 얼마 전까지만 해도 장대에 매달려서 옥수수밭을 지키는 허수아비에 불과했던 내가 이제는 이 아름다운 도시의 지배자가 된 것을 생각하면, 나는 정말 운이 좋은 것 같아."

양철 나무꾼이 말했다. "나도 새로운 심장을 얻게 되어 정말 기뻐. 이 세상에서 내가 원한 건 이 심장뿐이었으니까."

사자도 겸손히 말했다. "나 역시 이제 어느 짐승보다도 더 용감하면 용감했지 덜 용감하지 않으니 정말 만족해."

허수아비가 말을 이어 나갔다. "도로시만 에메랄드 시에서 사는 것이 괜찮다면 우리 모두 행복할 수 있을 텐데."

도로시가 외쳤다. "하지만 나는 이곳에서 살고 싶지 않아! 나는 캔자스로 돌아가서 엠 아주머니와 헨리 아저씨랑 살고

싶다고."

양철 나무꾼이 물었다. "자, 그럼 우리가 어떻게 해야 하지?"

허수아비는 이 문제에 대해 생각해 보기로 했다. 너무 열심히 생각한 나머지 핀과 바늘이 머리 밖으로 삐져나올 지경이었다. 마침내 허수아비가 입을 열었다.

"날개 달린 원숭이들을 불러서 네가 사막을 건널 수 있도록 도와달라고 부탁하는 건 어때?"

도로시는 기쁨에 겨워 말했다. "그 생각을 못 했네! 바로 그거야. 당장 가서 황금 모자를 가져올게."

도로시는 황금 모자를 가지고 접견실로 돌아와서 주문을 외우기 시작했다. 그러자 곧 날개 달린 원숭이들이 열린 창문을 통해 날아 들어와 도로시 옆에 섰다.

우두머리 원숭이가 소녀에게 절하며, 말했다. "우리를 부르신 건 이번이 두 번째입니다. 소원이 무엇인가요?"

도로시가 말했다. "나를 캔자스로 데려다줘."

하지만 우두머리 원숭이는 고개를 내저으며 말했다.

"그 명령은 따를 수가 없습니다. 우리는 이 나라에 살기 때문에 이곳을 떠날 수 없습니다. 이제껏 어느 날개 달린 원숭이도 캔자스에 산 적은 없습니다. 그곳은 날개 달린 원숭이들의 활동 영역이 아니어서 아마도 영영 그런 일은 없을 거예요. 우

리의 힘이 허락하는 한 당신의 명령에 기꺼이
복종하겠지만, 사막을 건너는 일만은 도와 드
릴 수가 없습니다. 그럼 안녕히 계십시오."

우두머리 원숭이는 다시 한 번 절을 한 후
날개를 활짝 펼치더니 멀리 날아갔고 부하들은
그 뒤를 쫓아갔다.

도로시는 너무 실망해서 울음보가 터지기 직전이었다.

"황금 모자의 힘을 쓸데없이 낭비해 버렸어. 날개 달린 원숭
이들도 나를 도와줄 수가 없구나."

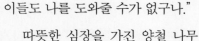

따뜻한 심장을 가진 양철 나무
꾼이 말했다. "정말 안됐구나."

허수아비는 다시 생각하기 시작
했다. 머리는 점점 더 부풀어 올라
서 도로시는 허수아비의 머리가 터
져 버리지 않을까 걱정이 되었다.

마침내 허수아비가 말했다. "초
록색 수염을 기른 병사를 불러서
도와 달라고 부탁하자."

부름을 받은 병사는 주뼛거리
며 접견실 안으로 들어왔다. 오즈
가 있었을 때는 접견실 문에서 한

발짝도 더 들어오는 것이 허락되지 않았기 때문이다.

허수아비가 병사에게 말했다.

"이 꼬마 아가씨는 사막을 건너고 싶어 한다. 어떻게 하면 되겠느냐?"[1]

병사가 대답했다. "잘 모르겠습니다. 지금까지 오즈 마법사님 말고는 아무도 사막을 건넌 적이 없으니까요."

도로시는 애원하듯 물었다. "나를 도와줄 사람이 없을까요?"

"어쩌면 글린다가 도와줄 수 있을지도 몰라."

허수아비가 물었다. "글린다가 누구냐?"

"남쪽 나라의 마녀입니다. 모든 마녀 중 가장 강력한 마녀이고, 콰들링들을 다스리고 있지요. 게다가 그 마녀의 성은 사막 가장자리에 있으니까, 사막을 건너는 방법을 알고 있을지도 모릅니다."

도로시가 물었다. "글린다는 착한 마녀이지요?"

"콰들링들은 글린다가 착한 마녀라고 생각해. 글린다는 누구에게나 친절을 베풀지. 또 듣기로는 글린다는 정말 아름다운 여자라고 해. 나이는 아주 많지만 젊음을 유지하는 비법을 알고 있다고 하더군."

---

1   이제 허수아비가 에메랄드 시를 다스리게 되었으니, 병사에게 높임말 대신 낮춤말을 쓰는 것으로 바꿈—역자 주.

도로시가 또 물었다. "글린다의 성에는 어떻게 갈 수 있나요?"

"길은 남쪽으로 곧장 뻗어 있어. 하지만 그 길을 여행하는 사람들은 온갖 위험을 겪는다고 하더군. 숲 속에는 사나운 짐승들이 살고 있고, 낯선 사람들이 자기네 땅을 지나가는 것을 좋아하지 않는 별난 민족도 살고 있지. 그래서 이제껏 에메랄드 시에 와 본 콰들링은 아무도 없어."

병사가 접견실을 떠나자 허수아비가 말했다.

"위험하긴 해도 남쪽 나라에 가서 글린다에게 도와달라고 부탁하는 게 가장 좋은 방법인 것 같군. 도로시가 이곳에 머물러 있는 한 캔자스에는 영영 돌아가지 못할 테니까."

양철 나무꾼이 말했다. "그사이에 또 생각했구나."

"응, 맞아."

사자가 말했다. "나는 도로시와 함께 가겠어. 이 도시에 싫증도 나고 숲과 들판이 정말 그립거든. 나는 야생동물이니 어쩔 수 없지. 그리고 도로시를 보호해 줄 누군가도 필요하고 말이야."

나무꾼이 동의했다. "그래, 맞아. 내 도끼가 도로시에게 도움이 될지도 모르니까, 나도 도로시와 함께 남쪽 나라로 가겠어.

허수아비가 물었다. "그럼 우리 언제 떠날까?"

나머지 친구들이 놀란 목소리로 물었다. "너도 함께 가려고?"

"물론이지. 도로시가 아니었다면 나는 절대 두뇌를 얻지 못했을 거야. 도로시는 나를 옥수수밭의 장대에서 끌어내려 주었고 이곳 에메랄드 시로 데려왔어. 그러니까 내가 행운을 누린 것은 다 도로시 덕분이야. 도로시가 캔자스로 돌아갈 때까지 나는 절대 도로시 곁을 떠나지 않을 거야."

도로시는 몸 둘 바를 모르며 말했다. "고마워. 다들 정말 친절하구나. 그런데 나는 되도록 빨리 떠나고 싶어."

허수아비가 대답했다. "그럼 내일 아침에 떠나자. 긴 여행이 될 테니, 모두 준비를 하도록 하렴."

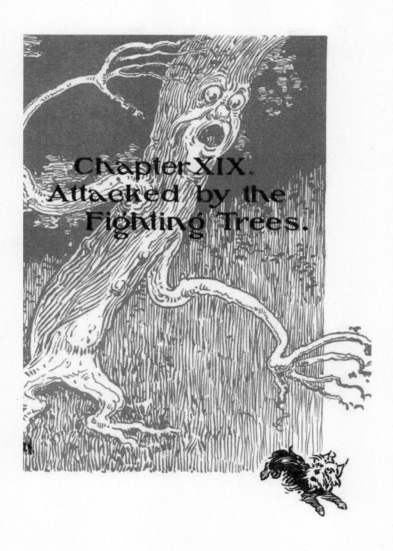

Chapter XIX.
Attacked by the
Fighting Trees.

The

싸움나무의 공격

이튿날 아침 도로시는 예쁜 초록 소녀의 볼에 입을 맞추며 작별 인사를 했다. 도로시와 친구들 모두 초록색 수염을 기른 병사와 악수를 했고 병사는 도로시 일행을 성문까지 배웅해 주었다. 문지기는 도로시 일행이 이 아름다운 도시를 떠나 다시 고생스러운 여행길에 오른다는 것을 알고 놀랐다. 그러나 문지기는 도로시와 친구들이 쓰고 있는 초록색 안경을 풀어서 초록색 상자에 넣은 다음 행운을 빌어 주었다.

문지기가 허수아비에게 말했다. "당신은 이제 우리의 지배자이시니, 되도록 빨리 돌아오셔야 합니다."

허수아비가 대답했다. "물론 가능하다면 빨리 돌아오마. 하지만 그보다 먼저 도로시가 집에 돌아갈 수 있도록 도와주어야 해."

도로시는 마음씨 착한 문지기에게 마지막 작별 인사를 하며 말했다.

"이 아름다운 도시에서 아주 따뜻한 대접을 받았어요. 모두 친절하게 대해주셔서 어떻게 고맙다는 말씀을 드려야 할지 모르겠어요."

문지기가 대답했다. "천만에. 우리는 네가 이곳에서 우리와 함께 머물렀으면 좋겠다만, 네가 꼭 캔자스로 돌아가야 한다면 돌아가는 길을 찾을 수 있길 바란다." 문지기는 성문을 열어 주었고, 그들은 성을 빠져나와 다시 여행길에 올랐다.

우리의 친구들이 남쪽 나라를 향해 얼굴을 돌리자 해가 찬란하게 빛났다. 모두 기분이 좋아 함께 웃고 떠들었다. 도로시는 다시 한 번 집으로 돌아갈 수 있다는 희망에 부풀어 올랐고, 허수아비와 양철 나무꾼은 도로시에게 도움이 될 수 있어 기뻤다. 사자는 킁킁거리며 신선한 공기를 맡고 꼬리를 양옆으로 획획 흔들며 다시 자연에 돌아온 기쁨을 만끽했다. 토토는 계속 신나게 짖어대면서 이리저리 뛰어다니며 나방과 나비를 쫓아다녔다.

사자는 친구들을 따라 힘차게 걸으면서 말했다. "도시 생활은 나와 전혀 맞지 않아. 도시에 살면서 살이 많이 빠졌어. 이제 자연으로 돌아왔으니 다른 짐승들한테 내가 얼마나 용감해졌는지 보여줄 기회가 빨리 왔으면 좋겠다."

그들은 걸음을 멈추고 돌아서서 에메랄드 시를 마지막으로 바라보았다. 초록색 벽 너머로 보이는 것이라고는 높이 솟은 뾰족한 탑들뿐이었다. 그중에서도 오즈 궁궐의 탑과 둥근 지붕이 가장 높이 솟아올라 있었다.

양철 나무꾼은 가슴에서 심장이 쿵쿵 뛰는 것을 느끼면서 말했다. "오즈는 결국 그렇게 형편없는 마법사는 아니었어."

허수아비가 말했다. "오즈는 나에게 두뇌를 줄 방법을 알고 있었어. 그것도 아주 좋은 두뇌를 말이야."

사자가 덧붙였다. "오즈가 나에게 준 용기를 자신도 똑같이 마셨다면 무척 용감한 사람이 되었을 텐데."

도로시는 아무 말도 하지 않았다. 오즈는 도로시의 약속을 지키지는 않았지만, 최선을 다해 도로시를 도와주었다. 그래서 도로시는 오즈를 용서하기로 했다. 오즈가 말한 것처럼, 그는 형편없는 마법사이기는 했지만 착한 사람이었다.

여행 첫날에는 에메랄드 시 주위에 사방으로 펼쳐진 초록 들판과 화려한 꽃밭을 가로질러 계속 걸어야 했다. 밤이 되자 그들은 하늘에 반짝이는 별들을 이불 삼아 덮고 풀밭 위에서 잠이 들었다. 정말로 달콤한 휴식이었다.

이튿날 아침 그들은 다시 여행길에 올랐고 어느덧 울창한 숲에 이르렀다. 숲은 왼쪽 오른쪽 양쪽으로 끝없이 펼쳐져 있었기 때문에 이 숲을 피해서 돌아갈 수 있는 방법은 없었다. 게다가 그들은 길을 잃는 게 두려워서 방향을 바꿀 엄두도 내지 못했다. 그래서 숲 안으로 들어갈 수 있는 가장 쉬운 길을

찾아보기로 했다.

줄곧 앞장서서 걷던 허수아비가 마침내 커다란 나무 한 그루를 발견했다. 나뭇가지가 무척 드넓게 뻗어 있어서 일행이 그 밑으로 지나갈 수 있는 틈이 있었다. 그래서 허수아비는 그 나무를 향해 걷기 시작했다. 하지만 첫 번째 나뭇가지 밑에 다다른 순간, 갑자기 나뭇가지가 아래로 내려오더니 허수아비를 칭칭 감기 시작했다. 눈 깜짝할 사이에 허수아비는 땅으로부터 솟구쳐 오르더니, 이내 친구들이 있는 곳으로 곤두박질쳤다.

물론 허수아비는 조금도 다치지 않았지만, 몹시 놀랐다. 도로시가 허수아비를 일으켜 세워주었다. 허수아비는 어지러운 듯 보였다.

사자가 외쳤다. "저 나무들 사이에도 틈새가 있어."

"내가 먼저 가볼게. 나는 땅에 떨어져도 다치지 않으니까." 허수아비는 이렇게 말하면서 또 다른 나무를 향해 걸어갔다. 하지만 허수아비가 나무에 다가서자마자 나뭇가지는 허수아비를 붙잡더니 땅으로 내팽개쳤다.

도로시가 탄식했다. "진짜 이상한 일이군! 이제 어떻게 한담?"

사자가 한마디를 했다. "나무들이 우리와 싸워서 이 여행을 막기로 작정한 것 같아."

이번에는 양철 나무꾼이 나섰다. "내가 한번 해 볼게." 나무꾼은 도끼를 어깨에 메고 허수아비를 내동댕이쳤던 첫 번째 나무를 향해 힘차게 걸어갔다. 커다란 나뭇가지 하나가 나무꾼을 잡으려고 내려온 순간, 나무꾼은 나뭇가지를 도끼로 힘차게 내리쳐서 두 동강 냈다. 그러자 나무는 괴로운 듯이 온 가지를 바르르 떨기 시작했고, 그 틈을 타 양철 나무꾼은 나무 밑을 무사히 지나갔다.

나무꾼은 친구들에게 외쳤다. "빨리 와!"

그들은 모두 재빨리 뛰어서 무사히 나무 밑을 통과했다. 그러나 토토는 작은 나뭇가지 하나에 붙잡혀 이리저리 휘둘렸다. 하지만 양철 나무꾼이 재빨리 나뭇가지를 내리찍어서 낑낑거리고 있는 토토를 구해주었다.

숲의 나머지 나무들은 도로시와 친구들을 막으려고 하지 않았다. 그래서 그들은 맨 앞줄에 있는 나무들만 나뭇가지를 아래로 움직일 수 있나 보다고 생각했다. 아마도 낯선 이들이 숲에 들어오지 못하도록 놀라운 능력을 지닌 숲의 수호나무들인 것 같았다.

이제 네 명의 여행객들은 편안하게 숲 속을 거닐어 마침내 숲의 반대편에 이르렀다. 놀랍게도 하얀 도자기로 만든 것처럼 보이는 높은 벽이 눈앞에 펼쳐져 있었다. 깨끗하게 닦은 접시처럼 표면이 매끄럽고 그들의 키보다도 훨씬 높았다.

도로시가 물었다. "이제 어떻게 해야 하지?"

양철 나무꾼이 대답했다. "내가 사다리를 만들게. 우리는 어떻게든 이 벽을 넘어가야 하니까."

Chapter XX.
The Dainty
China Country.

순백의 도자기로 만들어진 나라

나무꾼이 숲 속에서 나무를 베어와 사다리를 만드는 동안, 오랜 여행으로 고단했던 도로시는 땅에 누워 잠이 들었다. 사자도 몸을 웅크린 채 잠이 들었고, 토토는 그 옆에 누웠다.

허수아비는 양철 나무꾼이 일하는 것을 보다가 말했다.

"왜 여기에 이 성벽이 있는지 모르겠어. 또 이 성벽이 무엇으로 만들어진 것인지도 모르겠고 말이야."

나무꾼이 대답했다. "머리는 그만 쓰고 좀 쉬어. 이 성벽 때문에 고민할 필요 없어. 넘어가 보면 그 너머에 뭐가 있는지 알게 될 테니까."

얼마 뒤 사다리가 완성되었다. 허술하게 보이지만, 양철 나무꾼은 사다리가 튼튼해서 성벽을 넘어가는 데에는 문제가 없다고 장담했다. 허수아비는 도로시와 사자와 토토를 깨워서 사다리가 준비되었다고 말했다. 허수아비가 먼저 사다리를 탔다. 그러나 올라가는 동작이 너무 어설퍼서 도로시가 허수아비를 바싹 뒤따라 올라가면서 허수아비가 떨어지지 않도록 받쳐 주어야 했다. 허수아비는 꼭대기까지 올라가 성벽 위로 얼굴을 내밀고는 소리쳤다.

"세상에!"

도로시가 외쳤다. "계속 올라가!"

허수아비는 더 기어 올라가서 성벽 꼭대기에 걸터앉았다. 도로시도 성벽 위로 얼굴을 내밀고는 허수아비와 똑같이 외쳤다. "세상에!"

토토가 올라와서 성벽 너머를 보자마자 멍멍 짖어대기 시작했다. 그러나 도로시가 토토를 진정시켰다.

그 뒤로 사자가 따라 올라오고 양철 나무꾼이 마지막이었다. 사자와 나무꾼은 성벽 너머를 바라본 순간 한목소리로 외쳤다. "세상에!" 도로시와 친구들은 성벽 꼭대기에 줄지어 앉아 아래에 펼쳐진 이상한 광경을 내려다보았다.

눈앞에는 커다란 접시처럼 매끄럽고 하얗게 반짝반짝 빛나는 바닥이 넓게 펼쳐져 있었다. 여기저기에는 도자기로 만들어진 화려한 색깔의 집들이 많이 보였다. 그 집들은 무척 아담해서, 가장 큰 집이 도로시의 허리에 겨우 닿는 정도였다. 도자기 울타리로 둘러싸인 작고 예쁜 우리도 있었다. 소와 양, 말, 돼지, 닭들이 여기저기 무리를 지어 있었다. 모두 도자기로 만들어져 있었다.

그러나 그중에서도 가장 이상한 것은 바로 이 희한한 나라에 사는 사람들이었다. 우유 짜는 여자들과 양 치는 여자들은 알록달록한 윗도리와 금색 물방울무늬가 있는 치마를 입고 있었다. 은색과 금색과 보라색을 띤 화려한 드레스를 곱게 차려입은 공주들도 보였다. 양치기들은 분홍색과 노란색과 파란색 줄무늬 반바지를 입고 신발에는 금색 장신구가 반짝거렸다. 보석이 촘촘히 박힌 왕관을 머리에 쓴 왕자들은 따뜻한 털로 만들어진 망토와 몸에 딱 달라붙는 공단 윗도리를 입고 거리를 활보하고 있었다. 양 볼에 빨간 연지를 찍은 우스꽝스러운 광대들은 주름진 옷을 입고 끝이 뾰족한 모자를 쓰고 있었다. 그러나 무엇보다도 이상한 것은 사람들이 모두 도자기로 만들어졌다는 사실이었다. 심지어 입고 있는 옷도 도자기로 만들어져 있었다. 사람들은 모두 키가 아주 작아서 그중 가장 큰 사람도 도로시의 무릎에 겨우 닿는 정도였다.

처음에는 아무도 여행객들을 쳐다보지 않았다. 보라색 도자기로 만들어진 머리가 유난히 큰 강아지 한 마리가 성벽으로 다가와서 도로시 일행을 향해 조그만 목소리로 짖더니 이내 도망가 버린 것이 전부였다.

도로시가 물었다. "저 아래로 어떻게 내려가지?"

도로시 일행은 사다리를 하나 발견했지만, 너무 무거워서 성벽에 세울 수 없었다. 그래서 허수아비가 먼저 성벽 아래로 뛰어내린 다음, 나머지 친구들은 딱딱한 바닥 위에 부딪혀 발을 다치지 않도록 허수아비 몸 위로 뛰어내리게 했다. 물론 모두 허수아비 머리 위로 떨어지지 않도록 조심했다. 그렇지 않으면 발이 핀에 찔릴 수 있기 때문이었다. 모두 무사히 바닥으로 내려온 후, 친구들은 허수아비를 일으켜 세워 주었다. 허수아비의 몸이 납작하게 눌렸기 때문에 친구들은 밀짚을 툭툭 쳐서 모양을 다시 잡아주었다.

도로시가 말했다. "남쪽으로 계속 가려면 이 이상한 나라를 가로질러야 해. 남쪽이 아닌 다른 방향으로 가는 것은 어리석은 일일 테니까."

그들은 도자기 사람들이 사는 나라를 가로질러 걷기 시작했다. 가장 먼저 마주친 것은 도자기 젖소의 우유를 짜고 있는 도자기 여자였다. 도로시 일행이 가까이 다가가자, 젖소는 갑자기 주인이 앉아있는 의자와 우유 통을 걷어차더니 주인에게까지 발길질해댔다. 결국, 쿵 소리를 내며 도자기로 만들어진 바닥 위로 모두 쓰러졌다.

젖소의 다리 한 짝이 댕강 부러지고, 우유 통은 바닥에 산산조각이 나고, 우유 짜는 여자는 불쌍하게도 왼쪽 팔꿈치에 금이 간 이 광경을 보고 도로시는 너무 놀랐다.

우유 짜는 여자는 화를 내며 소리 질렀다. "이봐, 지금 무슨 짓을 했는지 똑똑히 보라고! 내 젖소 다리 한 짝이 부러졌으니

수선공한테 데려가서 다시 풀로 붙여야 해. 도대체 왜 여기에 와서 내 젖소를 놀라게 하는 거야?"

도로시가 대답했다. "정말 미안해. 우리를 용서해 줘."

그러나 예쁘장한 우유 짜는 여자는 화가 머리끝까지 나서 아무런 대답도 하지 않았다. 부루퉁한 얼굴로 젖소의 부러진 다리를 집어 들고는 젖소를 끌고 가 버렸다. 불쌍한 젖소는 세 다리로 절룩거리며 걸어갔다. 우유 짜는 여자는 금이 간 팔꿈 치를 몸에 바짝 붙인 채, 계속 뒤돌아보며 조심성 없는 여행객 들에게 원망스러운 눈길을 보냈다.

도로시는 이 불행한 일에 몹시 슬퍼했다.

따뜻한 심장을 가진 양철 나무꾼이 말했다. "이 나라에서는 아주 조심해야겠어. 그렇지 않으면 이 작고 예쁜 사람들이 심 하게 다칠지도 몰라. 다시 고칠 수도 없을 만큼 심하게 말이야."

조금 더 걸어가자 세상에서 가장 아름다운 옷을 곱게 차려 입은 공주가 보였다. 공주는 여행객들을 보고 흠칫 발걸음을 멈추더니 이내 뒤돌아 도망치기 시작했다.

도로시는 이 아름다운 공주를 더 보고 싶어서 재빨리 뒤쫓 아갔다. 그러자 도자기 공주가 외쳤다.

"제발 나를 따라오지 마, 제발!"

겁에 잔뜩 질린 작은 목소리를 듣자 도로시가 걸음을 멈추 고 물었다.

"왜 그러니?"

공주는 도로시와 충분히 거리를 둔 다음 걸음을 멈추며 말했다. "계속 도망가다가 넘어지면 내 몸이 부서질지도 모르니까."

"그럼 고치면 되잖아?" 소녀가 물었다.

"그렇긴 하지. 하지만 고친 다음에는 원래만큼 예쁠 수가 없어." 공주가 답했다.

"그렇구나." 도로시가 말했다.

도자기 숙녀가 계속 말을 이어 나갔다. "우리 나라에는 조커라고 불리는 어릿광대가 하나 있어. 그 광대는 항상 물구나무서기를 해서 몸이 너무 자주 부서져서 지금까지 백 군데도 넘게 고쳤어. 그래서 이제 모습이 흉측하지. 저기 그 광대가 오고 있으니 한번 직접 보렴."

그쪽으로 눈을 돌리니 정말로 쾌활하고 작달막한 어릿광대가 그들을 향해 걸어오고 있었다. 알록달록한 예쁜 옷을 입고 있지만, 온몸이

금 간 자국으로 뒤덮여 있었다. 여기저기가 깨져서 고친 게 분명했다.

광대는 주머니에 두 손을 찔러 넣은 채 볼을 볼록하게 부풀리고는 그들을 향해 건방지게 고개를 까딱거리며 노래했다.

> "아름다운 아가씨여,
> 늙고 가여운 어릿광대를
> 왜 그렇게 쳐다보시나요?
> 당신은 뻣뻣하고 새침하네요.
> 나무막대를 삼켰나 보군요!"

공주가 말했다. "광대 아저씨, 조용히 하세요! 여기 손님들이 안 보이나요? 정중하게 대해야죠."

"그럼 정중하게 인사해 보지요." 광대는 이렇게 말하고는 바로 바닥 위에 물구나무를 섰다.

공주가 도로시에게 말했다. "저 광대는 너무 신경 쓰지 마. 머리에 금이 많이 가서 바보가 되어버렸어."

도로시가 말했다. "전혀 기분 나쁘지 않으니까 걱정하지 마. 그런데 너는 정말 아름답구나. 너를 캔자스로 데리고 가서 엠 아주머니 선반 위에 올려놓고 아껴주면 안 될까? 내 바구니에 넣어서 데리고 가면 될 거야."

도자기 공주가 대답했다. "그럼 나는 무척 불행할 거야. 우리는 이 나라에서 아주 만족스럽게 살고 있어. 말도 하고 마음대로 돌아다닐 수도 있지. 하지만 이 나라를 떠나면 우리 관절은 당장 뻣뻣하게 굳어버려. 그럼 똑바로 서서 예쁘게 보이는 것밖에는 할 수 있는 일이 없지. 물론 사람들이 우리를 선반이나 장식장이나 응접실 탁자 위에 올려놓을 때 기대하는 것은 그것밖에 없어. 하지만 우리는 이 나라에서 사는 게 훨씬 즐거워."

도로시가 외쳤다. "나는 절대로 너를 불행하게 만들고 싶지 않아! 그럼 난 그냥 가볼게. 안녕!"

공주가 대답했다. "잘 가!"

그들은 도자기 나라를 조심스럽게 통과했다. 도로시 일행이 지나가면 도자기로 만들어진 작은 동물들과 사람들은 모두 부서질까 봐 겁이 나서 재빨리 도망갔다. 여행객들은 한 시간쯤 뒤에 도자기 나라의 반대편에 도착하니 여기에도 도자기 성벽이 가로놓여 있었다.

그러나 이 성벽은 이곳에 들어올 때 넘었던 성벽만큼은 높지 않았기 때문에, 모두 사자의 등을 딛고 성벽 위로 올라갈 수 있었다. 마지막으로 사자가 네 다리를 모은 다음 성벽 위로 힘차게 뛰어올랐다. 그러나 뛰어오르면서 꼬리로 그만 도자기 교회를 건드리고 말았고, 교회는 산산조각으로 부서졌다.

도로시가 말했다. "정말 안됐어. 그래도 젖소 다리 하나랑 교회만 부수었지, 그 작은 사람들은 다치게 하지 않아서 천만다행이야. 도자기 사람들은 너무 깨지기 쉬워!"

허수아비가 말했다. "정말 그래. 나는 내가 밀짚으로 만들어져서 쉽게 다칠 수 없다는 것이 정말 감사해. 세상에는 허수아비로 사는 것보다도 더 고약한 일도 있구나."

Chapter XXI.
The Lion Becomes
the King of Beasts.

After

사자가 동물의 왕이 되다

도자기 성벽에서 내려와 보니 험악한 땅이 나타났다. 키 높이 자란 잡초로 뒤덮인 늪지와 습지가 펼쳐져 있었다. 무성한 잡초 아래로 진흙 구덩이가 여기저기 숨어있었기 때문에, 그들은 걸핏하면 걷다가 구덩이에 빠지곤 했다. 그러나 조심스럽게 길을 찾아간 끝에 마침내 단단한 땅에 무사히 이르렀다.

하지만 이곳은 지금까지 여행한 어느 나라보다도 황량해 보였다. 오랫동안 힘겹게 덤불을 헤치며 걸은 후, 도로시 일행은 또 다른 숲으로 들어가게 되었다. 숲 속의 나무들은 지금까지 본 어떤 나무들보다도 크고 오래된 나무들이었다.

사자는 주위를 둘러보며 기쁨에 차올라 말했다. "이 숲은 정말 완벽하군. 정말이지 이렇게 아름다운 곳은 태어나서 처음 봐."

허수아비가 말했다. "내 눈에는 왠지 음산해 보이는 데?"

사자가 말했다. "그렇지 않아. 나는 평생 여기에서 살 수도 있을 것 같아. 발밑에 있는 부드러운 낙엽이랑 여기 고목을 덮고 있는 풍성한 초록빛의 이끼를 보라고. 어떠한 짐승에게도 이만큼 살기 좋은 곳은 없을 거야."

도로시가 말했다. "지금 이 숲 안에 사나운 짐승들이 있을지 몰라."

사자가 대답했다. "아마 그렇겠지. 하지만 아직 단 한 마리도 보지 못했어."

숲 속을 가로질러 하염없이 걷다 보니 날이 저물어 숲 속은 이제 걸을 수 없을 만큼 깜깜해졌다. 도로시와 토토와 사자는 땅 위에 누워 잠을 청하고 허수아비와 양철 나무꾼은 언제나처럼 보초를 섰다.

아침이 밝아 오자 그들은 다시 길을 떠났다. 그러나 얼마 걷지 않아 우르릉하는 낮은 소리가 들려왔다. 사나운 짐승들 무리가 으르렁대는 듯한 소리였다. 토토는 작은 소리로 낑낑댔지만, 다른 친구들은 조금도 겁먹지 않고 잘 닦인 오솔길을 따라 계속 걸었다. 그들이 숲 속의 빈터에 이르자, 거기에는 각양각색의 짐승들이 수백 마리 모여 있었다. 호랑이와 코끼리, 곰, 늑대, 여우도 있고 그 밖에 자연사에 나오는 온갖 종류의 짐승들이 함께 모여 있었다. 도로시는 문득 겁이 났다. 그러나 사자는 짐승들이 회의를 열고 있는 것이라고 설명해 주었고 으르렁거리는 소리를 귀 기울여 듣더니 이 짐승들이 지금 큰 어려움에 빠진 것 같다고 판단했다.

사자가 말할 때 몇몇 짐승이 사자를 보았다. 그러자 모든 짐승이 마치 마법의 힘에 끌린 것처럼 곧장 사자를 향해 함께 달려왔다. 호랑이 중에서 가장 덩치가 큰 녀석이 사자에게 다가와 절하며 말했다.

"동물의 왕이시여, 어서 오십시오! 마침 잘 오셨습니다. 우리의 적과 싸워서 이 숲에 사는 모든 짐승에게 다시 한 번 평화를 가져다주십시오."

사자가 조용히 물었다. "무슨 문제가 있는 것이냐?"

호랑이가 대답했다. "최근에 이 숲에 들어온 사나운 적에게 우리 모두 위협받고 있습니다. 그놈은 왕거미처럼 생긴 무시무시한 괴물입니다. 몸집은 코끼리만큼 크고 다리는 나무 둥치만큼 깁니다. 이렇게 긴 다리를 여덟 개나 가지고 있어요. 이 괴물은 숲 속을 기어 다니면서, 거미가 파리를 잡아먹듯이 짐승들을 긴 다리로 낚아채 입으로 가져가서 먹어 버립니다. 이 괴물이 살아있는 한 누구도 무사할 수 없어요. 그래서 우리 자신을 어떻게 보호할 수 있을지 의논하기 위해 회의를 열고 있는데, 그때 마침 당신께서 오신 겁니다.

사자는 잠시 생각하더니 물었다.

"이 숲에 다른 사자는 없느냐?"

"없습니다. 몇 마리 있긴 했는데 그 괴물이 모두 먹어 치워

버렸습니다. 게다가 그 사자들은 당신만큼 덩치가 크지도 않고 용감하지도 않았어요.

사자가 물었다. "내가 그 괴물을 없애주면 너희는 나를 이 숲의 왕으로 모시고 나에게 복종할 테냐?"

호랑이가 대답했다. "그렇고 말고요." 다른 짐승들도 모두 함께 우렁차게 외쳤다. "그렇게 하겠습니다!"

사자가 물었다. "그 왕거미는 지금 어디 있느냐?"

호랑이가 앞발로 가리키며 말했다. "저기 떡갈나무 숲에 있습니다."

사자가 말했다. "내 친구들을 잘 보살펴 줘라. 나는 지금 당장 그 괴물하고 싸우러 가겠다."

사자는 친구들에게 작별 인사를 하고, 적과 싸우기 위해 기세등등하게 걸어갔다.

사자가 왕거미를 발견했을 때 그 괴물은 누워서 자고 있었다. 생김새가 너무 흉측해서 사자는 역겨워하며 코를 찡긋했다. 다리는 호랑이가 말한 대로 몹시 길며 거뭇거뭇한 거친 털이 온몸을 뒤덮고 있었다. 커다란 입안에는 사람 발 만한 날카로운 이빨이 한 줄로 나 있었다. 그러나 몸과 퉁퉁한 몸뚱이를 잇는 목은 말벌 허리처럼 가늘었다. 이걸 본 사자는 이 괴물을 공격하는 가장 좋은 방법을 찾아냈다. 그리고 괴물이 깨어 있을 때보다는 잠자고 있을 때 공격하기가 쉽다는 것을 알았기 때문에 사자는 곧장 뛰어올라 괴물의 등에 바로 올라탔다. 그러고는 날카로운 발톱이 박힌 묵직한 앞발을 휘둘러, 거미의 머리를 몸뚱이에서 댕강 잘라냈다. 사자는 다시 뛰어내린 다음, 괴물의 기다란 다리가 꿈틀대는 것을 지켜보았다. 마침내 다리가 이제는 움직이지 않자 사자는 괴물이 죽었다는 것을 알았다.

사자는 숲 속의 짐승들이 자기를 기다리고 있는 곳으로 돌아와서 의기양양하게 말했다.

"이제 너희의 적을 더 이상 두려워할 필요가 없다."

그러자 짐승들은 모두 엎드려 절하고 사자를 왕으로 모셨다. 사자는 도로시가 캔자스로 무사히 돌아가게 되면 바로 돌아와서 이 숲을 다스리겠다고 약속했다.

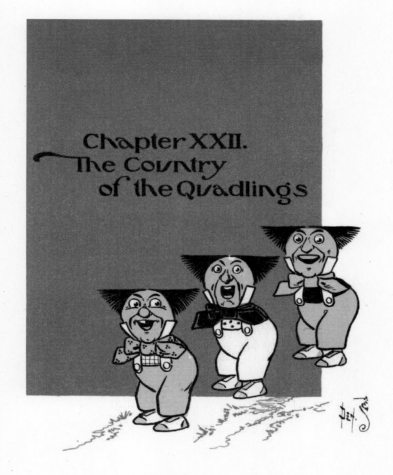

Chapter XXII.
The Country
of the Quadlings

콰들링의 나라

네 명의 여행객들은 무사히 숲을 통과했다. 어둠 속에서 나오자, 기슭부터 꼭대기까지 커다란 바위로 뒤덮인 가파른 언덕이 기다리고 있었다.

허수아비가 말했다. "오르기가 쉽지는 않겠어. 그래도 우리는 저 언덕을 꼭 넘어가야 해."

그렇게 허수아비는 앞장을 섰고, 나머지 친구들을 그 뒤를 따랐다. 그들이 언덕 위의 첫 번째 바위에 다다르자마자 거친 목소리가 들려왔다.

"뒤로 물러나!"

허수아비가 물었다. "도대체 누구야?" 그러자 바위 위로 머리 하나가 불쑥 나타나서 아까와 같은 목소리로 다시 말했다.

"이 언덕은 우리 거야. 아무도 이 언덕을 넘을 수 없어."

허수아비가 대답했다. "하지만 우리는 이 언덕을 꼭 넘어가야 해. 콰들링의 나라로 가야 하거든."

목소리가 대답했다. "그래도 절대 안 돼!" 그리고 바위 뒤에서 한 사내가 튀어나왔다. 여행객들은 이제껏 이렇게 괴상하게 생긴 사람을 본 적이 없었다.

사내는 키가 몹시 작고 통통했다. 머리가 무척 크고 머리 꼭대기는 납작했다. 주름투성이의 굵은 목이 머리를 지탱하고 있었다. 그러나 이상하게도 몸에는 팔이 달려있지 않았다. 허수아비는 양팔이 없는 것을 보고는 이 사내가 자기들이 언덕에 올라가는 것을 막을 것이라는 두려움이 곧장 사라졌다. 그래서 허수아비는 말했다.

"네가 원하는 대로 해 주지 못해 유감이구나. 하지만 네가 좋든 싫든 우리는 이 언덕을 넘어가야 해." 그러고는 허수아비는 대담하게 앞으로 걸어나갔다.

그 순간 사내의 머리가 번개처럼 앞으로 튀어나왔다. 주름투성이 목이 앞으로 쭉 빠지더니 납작한 머리 꼭대기가 허수아비의 배를 세차게 들이받았다. 허수아비는 크게 휘청거리더니 언덕 아래로 데굴데굴 굴러떨어졌다. 사내의 머리는 튀어나올 때만큼이나 빠른 속도로 번개처럼 제자리로 돌아가더니 몸뚱이에 붙었다. 사내는 껄껄 웃으며 말했다.

"생각만큼 쉽진 않을걸!"

다른 바위에서도 일제히 껄껄대는 소리가 요란하게 들려왔다. 도로시는 수백 명의 팔 없는 망치 머리들이 바위마다 하

나씩 숨어있는 것을 보았다.

사자는 망치 머리들이 허수아비의 불행을 비웃는 것에 화가 나 큰 소리로 으르렁거렸다. 그러자 천둥소리처럼 메아리가 울렸고, 곧 사자는 언덕을 향해 질주하기 시작했다.

그러자 다시 한 번 머리 하나가 총알같이 튀어나왔다. 덩치가 큰 사자도 대포알에 맞은 것처럼 데굴데굴 굴러떨어졌다.

도로시가 달려와서 허수아비를 일으켜 세워 주었고, 사자도 도로시가 있는 곳으로 왔다. 여기저기에 멍이 들고 상처를 입은 사자가 말했다.

"총알처럼 튀어나오는 머리를 가진 놈들하고 싸워 봤자 소용없어. 우리는 절대 저 녀석들을 이길 수 없을 거야."

도로시가 물었다. "그럼 어떻게 해야 하지?"

양철 나무꾼이 제안했다. "날개 달린 원숭이들을 부르자. 원숭이들에게 명령을 내릴 기회가 아직 한 번 남아있으니까."

"그래, 좋은 생각이다." 도로시는 황금 모자를 쓰고 주문을 외우기 시작했다. 그러자 날개 달린 원숭이들이 늘 그랬듯이 잽싸게 날아와, 어느새 원숭이 무리 전체가 도로시 앞에 서 있었다.

우두머리 원숭이가 공손히 절을 하며 물었다. "무슨 명령을 내리시겠습니까?"

"우리를 저 언덕 너머에 있는 콰들링의 나라로 데려다줘." 소녀가 대답했다.

"분부대로 하겠습니다." 우두머리 원숭이가 대답하자마자, 날개 달린 원숭이들은 네 명의 여행객들과 토토를 품에 안고 훨훨 날기 시작했다. 그들이 언덕 위를 날아가는 것을 보면서 망치 머리들은 분통을 터트리며 하늘 위로 머리를 쏘아 댔다. 그러나 날개 달린 원숭이들이 있는 곳까지는 닿지 못했다. 날개 달린 원숭이들은 도로시와 친구들을 안고 무사히 언덕을 넘어 아름다운 콰들링의 나라에 내려놓았다.

우두머리 원숭이가 도로시에게 말했다. "이번이 우리를 부를 수 있는 마지막 기회였습니다. 행운을 빌겠습니다. 그럼 안녕히 계십시오."

도로시가 대답했다. "잘 가. 도와줘서 정말 고마워." 날개 달린 원숭이들은 하늘 위로 날아오르더니 눈 깜짝할 사이에 사라졌다.

콰들링의 나라는 풍요롭고 행복해 보였다. 무르익어 가는 곡식으로 가득 찬 들판이 끝없이 펼쳐져 있고 들판 사이사이에는 길이 잘 포장되어 있었다. 아름다운 잔물결을 일으키며 굽이쳐 흐르는 시냇물 위에는 튼튼한 다리가 세워져 있었다. 울타리와 집과 다리 모두 윙키들의 나라에서는 노란색으로, 먼치킨의 나라에서는 파란색으로 칠해져 있듯이, 콰들링의 나라에서는 빨간색으로 칠해져 있었다. 콰들링들은 키가 작고 뚱뚱하며 둥글둥글하고 마음이 무척 착해 보였다. 콰들링들이 입고 있는 빨간 옷은 초록빛 풀밭과 노랗게 익어 가는 곡식과 대조를 이뤄 더욱 선명해 보였다.

원숭이들은 도로시 일행을 어느 농가 근처에 내려 주었다. 네 명의 여행객들이 그 집으로 걸어가 문을 두드리자 농부의 아내가 문을 열어 주었다. 도로시가 먹을 것을 좀 달라고 부탁하자, 아주머니는 그들에게 푸짐한 저녁과 세 가지 종류의 빵과 네 가지 종류의 과자를 대접하고 토토에게는 우유 한 사발을 주었다.

도로시가 물었다. "여기에서 글린다의 성까지는 얼마나 먼가요?"

아주머니가 대답했다. "그렇게 멀지 않단다. 계속 남쪽으로 걸어가면 곧 도착할 수 있을 게다."

그들은 마음씨 좋은 아주머니에게 고맙다고 인사한 후 다시 여행길에 올랐다. 들판을 따라 걷기도 하고 때때로 아름다운 다리를 건너기도 했다. 마침내 눈부시게 아름다운 성이 눈앞에 나타났다. 성문 앞에는 금빛 수술이 박음질 된 빨간 군복을 입은 세 명의 소녀 병사가 서 있었다. 도로시가 다가가자 그중 한 명이 물었다.

"남쪽 나라에는 무슨 일로 오셨나요?"

"이 나라를 다스리는 착한 마녀를 만나러 왔어요. 나를 그 분께 데려다줄 수 있나요?"

"이름을 말씀해 주시면 제가 글린다님께 가서 여러분들을 만나주실 건지 물어볼게요." 그들은 돌아가며 이름을 말해주었다. 곧 소녀는 성안으로 들어갔다. 잠시 후 소녀 병사가 돌아와서 도로시 일행을 성안으로 안내하겠다고 말했다.

Chapter XXIII.
The Good Witch
Grants Dorothy's
Wish.

글린다가 도로시의 소원을 들어주다

그들은 글린다를 보러 가기 전에 성안의 어느 방으로 안내받았다. 그곳에서 도로시는 깨끗이 세수를 하고 정성스레 머리를 빗었다. 사자는 갈기에 묻은 먼지를 털어냈고, 허수아비는 밀짚을 툭툭 쳐서 가장 보기 좋은 모양으로 만들었다. 나무꾼은 양철을 윤이 나게 닦고 이음매에 기름칠을 새로 했다.

그들이 모두 준비를 마치자, 소녀 병사는 커다란 방으로 그들을 데리고 갔다. 착한 마녀 글린다는 루비가 촘촘히 박힌 왕좌 위에 앉아있었다.

글린다는 그들의 눈에 무척 아름답고 젊어 보였다. 진한 빨간빛이 감도는 머리카락은 어깨까지 드리워져 있었고, 입고 있는 드레스는 눈부시게 새하얬다. 글린다는 짙푸른 눈으로 상냥하게 도로시를 바라보면서 물었다.

"내가 뭘 도와줄까?"

도로시는 착한 마녀에게 지금까지 있었던 일에 대해 모두 이야기했다. 회오리바람에 실려 오즈의 나라로 온 일부터 시작해 친구들을 만나게 된 이야기, 지금까지 함께 겪은 놀라운 모험까지 하나도 빠짐없이 말했다. 그런 다음 마지막으로 덧붙였다.

"저의 가장 큰 소원은 캔자스로 돌아가는 거예요. 엠 아주머니는 저에게 끔찍한 일이 일어났다고 생각하면서 아무 일도 못 하고 슬퍼하고 계실 거예요. 그리고 올해 수확할 농작물이 작년보다 많지 않다면 헨리 아저씨도 상황을 감당하시기 힘들 거예요." 글린다는 몸을 앞으로 구부린 다음, 위를 올려다 보고 있는 도로시의 귀여운 얼굴에 입을 맞추었다.

"너의 고운 마음에 축복이 있기를. 물론 너에게 캔자스로 돌아가는 방법을 알려줄 수 있단다. 하지만 내가 너를 도와주면, 너는 나에게 그 황금 모자를 주어야 해."

도로시가 소리쳤다. "기꺼이 드릴 수 있어요! 사실 저에게 이 모자는 이제 아무 쓸모가 없어요. 마녀님께서 이 모자를 가지게 되신다면 날개 달린 원숭이들에게 세 번 명령을 내리실 수 있어요."

글린다는 미소를 띠며 말했다. "날개 달린 원숭이들의 도움이 딱 세 번 필요할 것 같구나."

글린다는 도로시한테 황금 모자를 건네받은 다음, 허수아비에게 물었다.

"도로시가 떠난 후에 너는 어떻게 할 작정이니?"

허수아비가 대답했다. "저는 에메랄드 시로 돌아갈 거예요. 오즈가 저에게 에메랄드 시를 다스리라고 부탁했고, 그 나라 사람들도 저를 좋아한답니다. 하지만 걱정이 한 가지 있어요. 망치 머리들이 있는 언덕을 어떻게 넘어가야 할지 모르겠어요."

그러자 글린다가 대답했다. "황금 모자의 힘을 이용하면 돼. 내가 날개 달린 원숭이들한테 너를 에메랄드 시의 성문으로 데려다 달라고 명령할게. 그 나라 사람들한테 이렇게 훌륭한 왕을 빼앗으면 안 되니까 말이야."

허수아비가 물었다. "정말 제가 훌륭하다고 생각하세요?"

"물론이지, 너는 아주 특별한 허수아비야."

글린다가 이번에는 양철 나무꾼을 바라보며 물었다.

"도로시가 이곳을 떠나면 너는 어떻게 할 거니?"

나무꾼은 도끼에 몸을 기대어 잠시 생각에 잠기더니, 마침내 입을 열었다.

"윙키들은 저에게 무척 친절했어요. 그리고 그 못된 마녀가 죽고 나자 저에게 자기들의 나라를 다스려 달라고 부탁했죠. 저도 윙키들이 좋답니다. 서쪽 나라로 다시 돌아갈 수만 있다면 저는 평생 윙키들 다스리며 살고 싶어요."

글란다가 대답했다. "그렇다면 날개 달린 원숭이들에게 두 번째 명령으로 너를 윙키들의 나라로 무사히 데려다 달라고 할게. 너의 두뇌는 허수아비의 두뇌만큼 커다랗지는 않지만, 너의 몸은 윤을 내면 허수아비보다 훨씬 더 반짝반짝 빛나는 구나. 너는 윙키들을 현명하고 훌륭하게 다스릴 거야."

마지막으로 글린다는 덩치가 크고 텁수룩한 사자를 향해 물었다. "도로시가 집으로 돌아가면 너는 어떻게 할 작정이니?"

사자가 대답했다. "망치머리들이 사는 저 언덕 너머에는 고즈넉한 커다란 숲이 있답니다. 거기에 사는 짐승들 모두 제가 왕이 되어주길 원해요. 그 숲으로 돌아갈 수만 있다면 저는 그곳에서 행복하게 여생을 보내고 싶어요."

글린다가 대답했다. "그렇다면 날개 달린 원숭이들에게 세 번째 명령으로 너를 숲에 데려다 달라고 할게. 그렇게 황금 모자의 힘을 모두 사용하고 나면, 날개 달린 원숭이들이 영영 자유의 몸이 될 수 있도록 우두머리 원숭이에게 모자를 돌려줄 거야."

허수아비와 양철 나무꾼과 사자는 착한 마녀에게 친절을 베풀어 주어 진심으로 감사하다고 인사했다. 도로시도 기뻐하며 외쳤다.

"마녀님은 얼굴뿐만 아니라 마음씨도 아름다우시군요! 하지만 아직 저에게는 캔자스로 돌아가는 방법을 가르쳐주지 않으셨어요."

글린다가 말했다. "네가 신고 있는 은색 구두만 있으면 사막을 건널 수 있단다. 네가 그 은색 구두의 힘을 알고 있었다면 오즈의 나라에 도착한 날 바로 엠 아주머니에게 다시 돌아갈 수 있었을 텐데."

그러자 허수아비가 외쳤다. "그럼 저는 이 훌륭한 두뇌들을 절대 얻지 못했을 거예요! 평생을 옥수수밭에서 보내야 했을지도 몰라요."

양철 나무꾼도 말했다. "그리고 저는 이 고운 마음씨를 지닌 심장을 절대 얻지 못했을 거예요. 세상이 끝나는 날까지 숲속에서 녹슨 채로 혼자 우두커니 서 있었을지도 몰라요."

사자도 소리쳤다. "그리고 저는 평생을 겁쟁이로 살았을 거예요! 숲 속의 짐승들은 모두 저를 비웃었겠죠."

도로시가 말했다. "다 맞는 말이에요. 저도 이 좋은 친구들에게 조금이나마 도움이 되어서 정말 기뻐요. 하지만 이제 저마다 원하는 것도 모두 얻었고 각자 다스릴 수 있는 나라까지 갖게 되어 행복해하니, 이제 저는 캔자스로 돌아가야 할 것 같아요."

착한 마녀가 대답했다. "은색 구두는 놀라운 마법의 힘을 많이 가지고 있단다. 그중에서도 가장 대단한 힘은 네가 이 세상에서 가고 싶은 곳 어디든지 세 걸음 만에 갈 수 있다는 거야. 눈 깜짝할 사이에 한 걸음 한 걸음을 내딛게 될 거야. 양쪽 굽을 세 번 맞부딪친 다음, 구두에 네가 가고 싶은 곳으로 데려다 달라고 명령을 내리면 된단다."

소녀는 신이 나서 말했다. "정말 그렇다면 은색 구두에 당장 저를 캔자스로 데려다 달라고 할래요."

도로시는 양팔을 활짝 벌려 사자의 목을 끌어안고는 사자의 커다란 머리를 부드럽게 쓰다듬으며 입맞춤을 했다. 그런 다음 양철 나무꾼에게도 입을 맞추며 작별 인사를 했다. 나무꾼은 이음매가 녹이 슬게 되는 것도 잊고 계속 흐느껴 울었다. 마지막으로 도로시는 물감으로 칠한 허수아비의 얼굴에는 입맞춤하는 대신, 부드럽고 밀짚으로 가득 찬 몸을 와락 끌어안왔다. 마침내, 도로시도 친구들과 헤어지는 것이 너무 슬퍼서 펑펑 울고 말았다.

착한 마녀 글린다는 루비 왕좌에서 내려와 도로시에게 입 맞춤하며 작별 인사를 했다. 도로시는 글린다에게 자기와 친 구들에게 친절을 베풀어 주어서 감사하다고 인사했다.

도로시는 이제 토토를 품에 꼭 끌어안고서 친구들과 글린 다에게 마지막으로 작별 인사를 한 다음, 양쪽 굽을 세 번 맞 부딪치면서 외쳤다.

"나를 엠 아주머니가 계신 집으로 데려다줘!"

* * * * *

눈 깜짝할 사이에 도로시는 공중에서 빙글빙글 돌기 시작했 다. 몸이 너무 빠르게 움직여서 도로시가 보고 느낄 수 있는 것 은 귓가를 스치는 바람 소리뿐 이었다.

은색 구두가 세 번째 걸음을 내딛는 순간, 도로시는 갑자기 몸이 멈추는 것을 느꼈다. 풀밭 위에서 몇 번 구른 다음에야 드디어 땅에 내려왔다는 것을 알았다.

도로시는 한참 후에야 일어나 앉아 주위를 둘러보며 외쳤다.

"세상에!"

도로시는 마침내 드넓은 캔자스 초원 위에 앉아있었다. 바로 눈앞에는 회오리바람이 휩쓸고 지나간 자리에 헨리 아저씨가 다시 지은 새집이 서 있었다. 헨리 아저씨는 헛간에서 우유를 짜고 있었고 토토는 도로시의 품에서 빠져나와 기쁘게 짖으면서 헛간을 향해 달려갔다.

풀밭에서 일어선 도로시는 그제야 자기가 양말만 신고 있다는 것을 알았다. 은색 구두는 공중에서 빙글빙글 도는 동안 벗겨져서 사막 어딘가에 영영 묻혀 버린 것이다.

Chapter XXIV.
Home Again.

A

다시 집으로

엠 아주머니가 양배추에 물을 주려고 집에서 막 나오다가 문득 고개를 들어보니, 도로시가 자신을 향해 달려오고 있었다.

"사랑하는 내 아가! 도대체 어디에 있다가 오는 거니?" 엠 아주머니는 두 팔을 활짝 벌려 도로시를 끌어안고서 얼굴에 입맞춤을 퍼부으며 말했다.

"오즈의 나라에 갔다 왔어요."

도로시는 침착하게 대답했다. "여기 토토도 있어요. 아주머니, 다시 집에 돌아와서 정말 좋아요!"